西嶺雪前世今生系列

來自天鵝的訊息

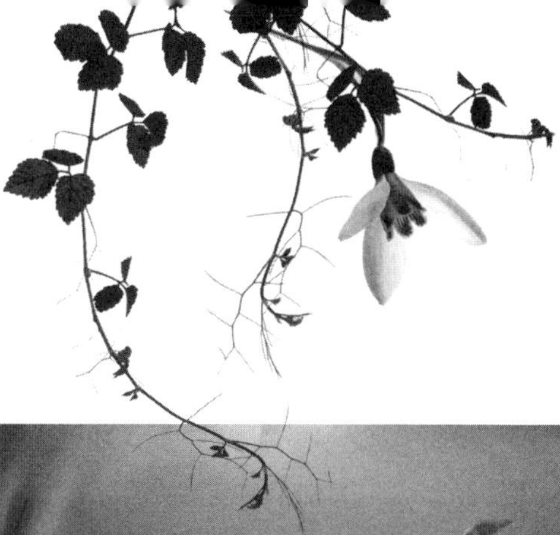

西嶺雪◎著

來自天鵝的訊息

【目錄】

第一章

絕舞

我是一個舞者。

芭蕾舞。

自六歲開始練基本功，開、繃、直、立，彎腰、劈腿，將身體扭曲至不可能的角度，以腳尖跳躍，然後騰空。

專門扮天鵝，十幾二十個女孩子，穿一色雪白羽毛裙，並肩搭臂，蹦蹦跳跳。一跳就跳了十二年。

觀眾為我們不可思議的柔軟和輕盈鼓掌歡呼。他們不知道，卸了妝，我們在舞台上看起來柔若無骨的身子會變得僵硬如鐵，倒在床上時會發出「砰」一聲響。是木板床。

不敢用席夢思，鴨絨墊，或者厚毯，因為怕影響體形。

也不敢吃太多肉，巧克力，奶油，薯片，及一切可以致胖的食物。

生活比清教徒更加不如。簡直慘無人道。

人家管這叫「為藝術獻身」。的確是「獻身」，包括身體享受在內。

但是我仍然練得很辛苦，發誓要做到第一，要領舞，或者獨舞，做最好的那個。

為的，只是讓你的眼光為我留連，讓你在所有的天鵝中一眼將我捕捉。

今夜，我的夢就要實現。

我跳天鵝。

「天鵝之死」。

這是一支獨舞。幸虧是獨舞。

只死一隻天鵝。

——摘自阮丹冰《天鵝寄羽》

清風吹動窗紗，丹冰坐在暗綠的窗子下上妝，胭脂，口紅，水粉，髮膠，慕絲，羽毛的頭飾，還有會閃光的貼片，零零總總堆滿了桌子，化妝師正在用粉拍子往她的背上做最後的撲點。

丹冰是所有化妝師最喜歡服務的那種類型——通常舞蹈演員都汗腺發達，長期體力透支的緣故，可是丹冰例外，她冰肌玉骨，清涼無汗。

散粉拍勻在嬌嫩的皮膚上，一下子就被吸收了，半點痕跡都不留下。

鏡子裏的人回過頭，是張傾國傾城的臉——也不見得有多麼美，可是豔，吹彈得破嫩出水兒的一種嬌豔，眼睛亮閃閃，皮膚不上妝時也有天然光澤，鼻子秀挺，唇線分明，忽地傲然一笑，豔光四射，不可方物。

今天是她的大日子。

第一次演出獨舞，壓軸戲「天鵝之死」裏的天鵝，主角中的主角。

這是每個芭蕾舞演員都會爲之付出一切代價而希望贏得的機會。是舞者畢生追求的至高榮譽。

有些演員，跳一輩子都沒有機會獨舞。

丹冰十八歲。

已經跳了十二年天鵝，才有機會在萬人劇場的舞台上於追影燈下翩然獨飛。此間不知付出多少辛酸努力，這都不算什麼，真想出類拔萃，還非得有心機，有眼色，有潑勁兒，這樣才能在一群精於計算的小姐妹中一枝獨秀。

爲了爭個獨舞的角色，姐妹中「脫」穎而出之人不在少數，送禮獻媚者更是司空見慣。丹冰不屑於這些手段，卻也並非善類。她的砝碼，是自己有真才實料，堅信自己跳得比所有人都好，重要的，是怎麼能讓大官們也認同這一點。

她精心設計了一個遊戲。準確地說，是個賭賽。

就在一個月前，「天鵝之死」選角的前夕，小休時間，丹冰坐在排練廳一角，看著牆上足尖舞創始人塔里尼奧演出芭蕾名劇「仙女」的版畫，故作隨意地說：「書上說塔里尼奧跳仙女時，雙腳離地後足跟可以在空中對擊六下，成爲世界記錄；可是誰也沒看見過，不知是不是真的？」

都是本門常識，立刻便有人附和：「現在國家一級演員才能做到四下，已經是最高水準。我覺得塔里尼奧的記錄說不定是假的，人們以訛傳訛，把她神化了。」

「就是，那次央戲的人來表演，最多不也只能敲擊三下嗎？」

丹冰在這個時候說：「不如我們來賭一下，看誰敲得最多，誰能敲六下，破了塔里尼奧的記錄。」

「怎麼可能呢？如果真有活人能敲到六下，我甘拜下風，也不跳舞了，給她做燒火丫環去。」

「就這麼說定了，比一比！」

「比就比！賭什麼？請個證人。」

「團長當證人。就賭誰贏了誰就跳『天鵝之死』吧。」

「以塔里尼奧的名義！」

塔里尼奧在牆壁上微笑地望著。是她創始了腳尖功與腳尖鞋，也是她第一個演出「天鵝之死」。她是舞蹈的化身，最公正的裁判。塔里尼奧之於芭蕾舞演員，正相當於公平女神西彌斯之於法官和律師，白衣天使南丁格爾之於所有的護士。

就這樣，一個絕佳的競爭名額被用一個賭賽的遊戲一般的方式給決定了下來。當團長被請來當裁判和證人的時候，還完全沒有意識到這場賭賽的嚴肅性。他和所有的團員一樣，根本不相信有人可以破了「仙女」的記錄。

然而，就那樣令人瞠目地，丹冰在眾目睽睽之下，在所有人都試跳對擊過兩次或三次之後，輕盈地躍起，清脆地撞擊，一下，兩下，三下，四下，五下，六下！

她整整敲了六下！

當她落地，所有人都愣住了，一時不能做聲。過了一會兒，才有人擦了擦眼睛，迷茫地問：「我是不是看錯了？」

「那麼你看清楚點，我再來一次。」丹冰再次躍起，對擊，落下，並順勢下腰做個謝禮動作。

掌聲大作。有人衝上去抱住丹冰，大叫著：「天哪，你做到了！你真的做到了！你是我的偶像！」

舞院的女孩子向來熱情誇張，又正是十八九歲喜歡一驚一乍的年齡，消息立刻便被散了出去，不出半天，全團的人都知道團長做證，阮丹冰可以空中足跟對擊六下，贏了出演「天鵝之死」獨舞的資格。

團長賴不掉了。

他當然不會承認這是一場賭賽的結果，卻也順水推舟，在會上公開表明：阮丹冰的進步一日千里，有目共睹，她是最有前途的舞蹈演員，是團裏一棵優秀的苗子，上司們將對其大力培養。

丹冰坐在角落裏傲然地笑了。

就像現在這樣。

亂轟轟的劇場裏，美術指導在大聲地指揮工人裝台，將繪著綠色湖水彩色花卉的道具板挪左挪右，不要小瞧了那些花花綠綠的板子，它們很快就會組合成一個光怪陸離的美麗新世界。

燈光師不住地喊著：「一號大燈打開，七號燈左偏，六號，六號位置再補補光。」

大提琴已經抬上去了，導演招呼著琴師曲風：「小曲，再試一遍音吧。」

曲風懶洋洋地倚在前排座椅上，頭也不回地答：「試過了。」

新來的實習化妝師小林親昵地推他一把：「叫你去你就去嘛，導演的面子也不給？」

「我只給你面子。」曲風輕佻地一笑，右手的琴弓在左手心裏輕輕拍弄。

舞蹈演員們已經依次進場，各自在幕後找到休息室安置自己。曲風笑的時候，丹冰剛剛踏進，聽到那句話，猛地一震，轉過頭來，兩人的眼光撞在一處。丹冰的臉上立刻因失血而蒼白，整個人彷彿被施了定身法一般，不能移動。

曲風有些禁不住這樣的注視，微覺不安地點點頭，把眼光錯開了。可是眼角的餘光裏，仍然可以清楚地看到，那個驕傲的初開春花一般的小女孩彷彿在瞬間凋零了芳姿，無精打彩地走向後台。輕盈的身子，顯得異樣沉重。已經上台了，卻又再一次回頭。

於是，他們兩人的目光又一次相撞了，隔著裝台的工人，隔著燈具和攝影器材扯不清的電線，隔著跑來跑去的工作人員和許多跳群舞的白天鵝們。

曲風有些默然。他對這個小女孩的心事多少也體會到一些，可是，卻不敢兜攬。他雖然風流，也懂得兔子不吃窩邊草，同實習大學生調調情是無所謂的，對自己劇團的女孩子，還是敬而遠之的好。況且，阮丹冰太小了，也太純潔，完全是一張未經塗畫的白紙。而他，卻是風乾的油彩畫，滄桑破舊，各種色彩塗抹疊加至不可辨。

他不只一次地推拒她，視她的暗示於無睹。但是現在，她的眼光令他無所遁形，無可推託。要麼接住，要麼迴避，不能再裝看不懂。

下意識地，他在瞬間做出抉擇，一把拉過那個實習化妝師小林的胳膊：「聽著，今晚散了場，我請你宵夜。」

用的是命令的語氣。

這是他和女孩子說話時唯一會使用的語氣。他對女孩子，從來都是命令，不必請求。

也從來沒有一個女孩子拒絕過他的命令。除了她——阮丹冰。

那還是在四年前，他初到劇院，進門時，看到剛剛排練完淋浴初畢的阮丹冰。那年她才十五歲，還完全是個小女孩子，披著濕淋淋的髮，手裏拎著她的舞鞋，低著頭疲憊地往宿舍走。他攔住她，命令地說：「帶我去見你們院長。」

她站住，冷冷地對視，一臉傲氣，凜然不可侵犯似，硬邦邦地說：「自己找。」

後來，他見到團長，說起這個特別的小姑娘，團長笑起來：「啊，你說的是丹冰啊，她從小就又倔又傲，個性強得很哪。」

從此他便記住了她，而且，時時喜歡撩撥她一下，爲的就是看她發怒的樣子。她發怒的樣子特別可愛，眼睛瞪得圓圓的，粉紅的嘴唇緊閉著，微顫如花蕾，小臉氣得煞白。

多半是他先不忍心，「哈」地一笑投降：「好，算我輸了，對不起。」

他所有識得的女孩子中，就只同她說過「對不起」。

但是不知從什麼時候開始，他不敢再同她開玩笑了，看到她，也趕緊躲開。起因不在他，在她。在她越來越朦朧的眸子中，在她不自知的迷茫的注視裏。

他是一個玩慣了的男人，有點邪，有點痞，可是並不壞，至少，他認爲自己沒有壞到要拿一個小女孩的感情來開玩笑的地步。

她在他眼中，始終還是個小女孩。

於是，他冷淡她，疏遠她，每每在她面前，就把自己的放浪形骸脫略不羈更表現得張揚十分。他並不知道，他的狂放的笑多少次刺痛了她的心，也從不曾看見當那笑聲揚起的時候她眼中迅速蒙上的一層淚影。

他只是朦朧地覺得，她好像變得沉默了，也更刻苦了，排練的時間越來越長，而且重複地練習一個動作——空中足跟對擊。

小跳空擊是舞者的基本功，但是通常的表演中，最多可以做到對擊兩次已經足夠。所以，並沒有人刻意去練習這個吃力不討好的動作。但是這個劇團中一致認爲最有潛力的小姑娘，卻在一個又一個深夜的加時訓練中練習這近乎無用的舞步。

當她一次又一次不住騰起又落下的時候，曲風覺得了一種力，一種執著，他不明白那是什麼，也不想深究。他不是一個喜歡用心的男人，隨意和大而化之是他的天性，但是，這個小女孩自虐般的刻苦仍然引起了他些微的好奇。

不止一次，當他離開琴房的時候，發現練功房依然亮著燈，空盪蕩的屋子傳出騰起落下的重複的敲擊聲，「嗑嗑、嗑嗑、嗑嗑嗑」。他有時會站下來稍微看幾眼，四面牆的鏡子裏無數個丹冰在起跳落下；有時則會乾脆留下來彈一會兒琴，替她加油。她一聲謝謝也不說，只是跳得更用心了。

他知道她是感激的，也知道她會成功，一定會將那個刻板的動作練至完美。卻也沒有預料到，會完美到那樣的地步。當她憑著一場近乎兒戲的賭賽贏得了主角的戲份，他衷心爲那小女孩感到高興。這是她應得的，她配得上這份榮耀。

他只是沒想到，她所有的努力都是爲了他，讓他看到她。

裝台已經結束。

曲風拖拖拉拉地，終於也得上去了，還要最後一次試音呢。他嘻嘻哈哈地，上了台，還拉著小林的手不放。

存心做給人看。給丹冰看。給團長看。給所有的男人和女人看。

曲風不在乎。曲風在乎過什麼呢？來團裏已經四年了，一個人頂幾個人用，可是沒加過工資，沒升過職。儘管，所有人都承認，無論鍵盤還是管弦他都是一流的。但是，用團長的話說：他太不合群了。

合群。這是中國人對於傑出同胞的唯一要求。不合群者，不合格。

就在曲風在琴凳上剛剛坐穩的一刹，他修長的手指還來不及打開琴盒，忽然，頭頂正中，一隻巨型吊燈忽地脫了線，直直地墜落下來。

所有人駭聲大叫，曲風一躍而起，撞倒了琴凳。眼看一場悲劇無可避免，斜刺裏驀地衝出阮丹冰，小小的身子炮彈一樣撞過來，猛地將曲風撞在一邊，而那盞燈，對著丹冰的頭正正地砸了下來。

昏倒之前，丹冰最後一個意識是：不，我不能死，我還要跳天鵝。

第二章

吉賽爾

今天我們跳「吉賽爾」。

我喜歡吉賽爾。這是個淒美憂鬱的愛情故事。就像我和你。

牧羊女吉賽爾愛上了英俊少年阿爾貝特，他們在原野中散步，共舞，蝴蝶兒圍著他們飛，他把野花插在她頭上，對她微笑。

她愛他，愛得魂傾夢與。然而，當衛士們尋來的時候，她才知道，原來阿爾貝特是王子，並且已經訂了婚。當他和他的未婚妻重逢，並跳著他曾與她共舞過的旋律時，吉賽爾心碎氣絕，成為維麗絲女鬼王國裏的一個新魂。

維麗絲女鬼，那是一些為情早夭婚前身亡的無主孤魂，她們不甘於墳墓裏無邊的寂寞，在她們死去的心靈中，在她們死去的腿腳裏，還燃燒著那股生前未曾得到完全釋放的對舞蹈的激情。於是她們在每個月圓的晚上便從墳墓裏走出來，成群結隊地來在橡樹下跳舞，抓住每個邂逅的男子做舞伴，瘋狂地擁抱他，輪流親吻他，連喘口氣的空歇也不給他，直到他舞至力竭而死。

哦，這真是世間最殘酷最香豔的死法。

那個晚上，月色朦朧，清風徐送，吉賽爾的同伴抓到了王子，逼他參加「死亡之舞」。他眼看也要成為義塚裏新的孤魂。吉賽爾出現了，她不計前嫌，機智地與同伴們盤旋，救下王子，並在黎明到來第一聲雞啼響起時重新消失……

我愛，如果我是吉賽爾，你便是我的王子，只要可以保護你，為你奉獻，我也一樣會去做，以生命，以摯愛，換得你的永生。

——摘自阮丹冰《天鵝寄羽》

丹冰在舞台上翩然飛旋，舞得寂寞而憂傷。

幽藍的追影燈下，身著羽衣的她柔若無骨，輕如飛雪，有種迷離恍惚的意味。讓人琢磨不清，這是一個人呢，還是一個影子，或者，真的是一隻天鵝？

大提琴淒清的曲調流水一樣淌在大廳裏，淌過每個觀舞人的心。輕，柔，綿，傷，好像一條河，一邊暢快地流著一邊隨手俯拾，把聽者被曲調揉碎零落的心拾起，放在清澈的河水中洗淨了，再還回腔子裏。

於是聽的人心裏空蕩蕩的，就只剩下這阿波羅的琴聲。

老團長站在幕後激動地雙手互搓著，一遍遍說：「曲風這小子，今晚拉得硬是好，真神了！」

副團長也微笑著：「要不是他這手絕活兒，光憑他那脾氣，十個曲風也開除了。」

他們又一齊將目光投注在丹冰身上：「丹冰真不錯，沒白疼她。」

「嗯，是棵好苗子，不可限量。」

「不可限量。」

台上的丹冰單腿站立，另一腿屈膝，腳尖稍稍接觸地面，頭低向肩側，雙臂相連，折斷腕部，反覆做出柔和的彎曲翅膀的動作，驚嚇而又典雅，完全是飛禽的樣子。她的雙臂緩緩打開，深深吸氣，突然輕輕一顫，彷彿觸動傷處，又彷彿抖落身上的湖水。

曲風激情地演奏，不時抬起頭關切地看一眼飛舞的丹冰，有種不同以往的深深動容。在這西方的樂曲和舞蹈中，他領略到的，卻是一首中國古詞的意境：

缺月掛疏桐，漏斷人初靜。
誰見幽人獨往來，縹緲孤鴻影。
驚起卻回頭，有恨無人省。
撿盡寒枝不肯棲，寂寞沙洲冷。

丹冰乍驚乍飛的動作，多像是一隻受傷的天鵝孤獨地盤旋在星空下。誰能看得出，就是這隻受傷的天鵝，剛剛才在「滅頂之災」下將他救出呢？

大燈墜下時，他在瞬間想到了死亡。可是這死亡使者卻由丹冰替他接待了。他莫名其妙地逃了生，而丹冰竟也毫髮無傷。

所有人都爲這不可思議的一幕驚歎不止，團長和副團長彼此擁抱著，慶幸地大喊：「太險了，太險了！天助我也，天助我也！」

那麼重的一隻燈，又砸得那麼正，便是個彪形大漢也被砸傷了，何況嬌嫩如春花的丹冰呢？可是，她只是略微暈眩了一下，很快就醒過來，完好無損。

若不是那燈的碎片還狼藉一地，簡直不相信剛才一幕在現實生活中真實發生過。忍不住懷疑：那燈到底有沒有擊中阮丹冰？

燈有沒有擊中阮丹冰？

獵人有沒有擊中天鵝？

音樂急促起來，阮丹冰一個大跳，又一個大跳，緩慢的arabespues後緊接著是無數個fouettes，她開始旋轉，越來越快，越來越快，整個人旋如陀螺，將人的心一陣陣揪緊，揪緊，是箭在弦上，而弓弦將斷。

天鵝之死。表現的卻是生。

生的意志。生的渴望。生的追求。

那是一隻中槍的天鵝最後的掙扎，在彌留之際迸發出的對生命最強烈的渴望，不屈的生命絕舞。

丹冰在琴聲中與這支舞完全合二爲一，天鵝就是她，她就是天鵝，那隻中了槍的、垂死的天鵝，拚盡性命也要盡全力一舞，用生命完成最後的掙扎與最高的追求。

剛才，就在她被大燈擊昏的迷眩中，她恍惚看到，天邊有天鵝冉冉飛來。她想，那是她，她就是那隻天鵝，她還沒來得及飛呢。

從沒有一個時刻像此刻這樣珍惜生命，珍惜活著的權力。十二年的努力，那麼些艱難刻苦的訓練，那麼精心佈署才爭取來的機會，不能在今夕功虧一簣。

記憶深處，彷彿有個聲音在對自己說：「別跳這麼多舞了，吉賽爾。跳舞會使你心臟破裂而死的。那些早死的少女要變成不幸的幽靈——維麗絲，晚上在墳墓中跳舞，勾引路人參加那令人喪命的輪舞。」

這是母親的聲音。

是吉賽爾的母親，抑或阮丹冰的？

丹冰從沒有見過媽媽。早在她三歲那年，母親已經因病去逝了，她是跟著奶奶長大的。

寂寞的童年，她唯一的遊戲就是跳舞。對著鏡子，一遍又一遍，不知疲倦。空蕩蕩的屋子裏，她的舞蹈是唯一的喧嘩，而鏡子是她的回聲。

奶奶並不老，也不像人們印象中的通常的「奶奶」形象，她今年才五十歲多一點，會打扮，品味一流，而且手頭頗有一點錢，在上海那樣寸土寸金的地方，她擁有一座小花園和三層樓的別墅。

這些，一半是爺爺留下的，另一半是爸爸供給的。

爸爸在美國，每年都會給奶奶匯來很多錢。美金。折成人民幣就更多。

丹冰從小不缺錢，她缺的，只是愛與溫存。

她的愛，都給了舞蹈。

遇到曲風時，就給了曲風。

曲風的琴聲裏有她的魂，她整顆心都被他的琴聲收走了。永生不得釋放。

六歲時，丹冰跟著奶奶去看了一場芭蕾舞劇，「吉賽爾」。

從此她就迷上了芭蕾。她知道她跳的那些原來不叫舞，吉賽爾才是有靈魂的舞蹈。

吉賽爾是一隻鬼，跳舞的鬼。

她像夢境一樣攫住了丹冰的心，從此她再不能離開舞蹈。

奶奶將她送進少年宮，學習扮天鵝，後來又進到劇院，仍然是一成不變的天鵝，天鵝與芭蕾有不解之緣。

每當穿上羽衣，她便著魔。

所有跳舞的人都有幾分瘋魔的。吉賽爾在死前也是發了狂。

吉賽爾對王子說：「你騙我，你不是王子，你是我的阿爾貝特，你把阿爾貝特還給我！」

王子不能還她，她便瘋了，失心而死。

死後，加入到維麗絲中間去。

吉賽爾是一隻鬼。維麗絲是一種鬼。跳舞的鬼。「在她們死去的心靈中，在她們死去的腿腳裏，還燃燒著那股生前未曾得到完全釋放的對舞蹈的激情。」

丹冰的腿腳裏，也燃燒著那樣的激情。它們從她的足尖裏發出，抵在舞鞋冷硬的楦子上，柔軟而痛楚。

從六歲扮天鵝，扮了十二年。

一天天地長大，自蛹至蛾，自醜小鴨變成白天鵝，今晚，才是第一次有機會登台獨舞。

不可失去的機會。

她睜開眼睛，清醒明亮，說：「沒事，我還要飛呢。」

她還要飛。

她要打起精神對付今晚這次意義非凡的單飛。

睜開眼時，她看到曲風跪在她的身邊，他的手握著她的手，真好。

當人群散去，曲風仍然握著她的手不放，半真半假笑嘻嘻問：「你是我的救命恩人呢，要怎麼報答你？」

她望著他的眼睛，一直望到他靈魂深處去：「答應做我的男朋友。」

「哦，以身相許？」他邪邪地笑，「行，就讓你做我的女朋友之一。」

她的血在瞬間凝結。

這是一個混蛋！她想。可是她不能不愛這個混蛋。

她愛他，也希望他愛她。不是他習慣的那種愛，那種博愛或者濫愛；而是她追求的那種愛，專一而熱烈，至死不渝。就好像，吉塞爾。

如果不能得到，她只有兩種選擇：要麼沉默，永生不讓他知道；要麼，死！

在此之前，她一直選擇前者，什麼也不對他說，無論接受與拒絕，都當作沒發生；她不是不知道他的無情與浪蕩，可是，卻一直以唐吉訶德挑戰風車那樣的熱情去捍衛自己的愛，堅信什麼樣的心都有柔軟的一面，終會被打動。她沉默地守護著少女最初也是最終的愛情，分分秒秒地關注，點點滴滴地奉獻，期待他有一天終於爲她留意，爲她動心，爲她鍾情。

可是現在，她已經等不到那一天，她只得當著他的面明明白白地說出來，把驕傲的外衣在他面前剝落，讓他清楚地知道她的心：「做我的男朋友。」她放棄了沉默，把自己最柔軟最致命的傷展示在他面前，而如果一旦被拒絕，她就別無退路，只剩下一種選擇……

他仍在吊兒郎當地追問：「怎麼？行不行啊——做我女朋友之一？」

她忽地站起，摔上門，毅然轉身離去。

曲風用心地拉著他的大提琴。

他從沒有這樣用心地拉過琴。他愛音樂，視爲第二生命，每一次演出都很盡力。可是，直至今夜，他才真正覺得，他的琴聲是有生命的，奔流著，傾訴著，宣洩著，流出霜天白夜，流出冷月清輝，流出漫天蘆花如飛雪，流出點點沙汀若寒星。

他在琴聲中注視著阮丹冰。剛才，她說出要他做她的男朋友時，她的眼睛閃著亮，可是，卻不是熱望，而是戒備和憂傷。好像不等他回答，她已經知道答案似的。當他到底還是說出了那個她怕聽的答案，她眼中的光便熄滅了，她清秀的小臉綳得緊緊的，神情冰冷。她用這種冰冷來保護自己，卻不知道，初結的冰是最易碎的呀。

她摔門而出，走得那麼決絕。使他忽然打了個冷顫。他想起剛才握在他手中的她的小手，柔軟嬌膩，冷而香，沒有一絲暖意。他有點後悔剛才面對女孩請求時自己那輕佻的答案，「女朋友之一」，在他，是權宜之計，可進可退；在她，卻可能是比拒絕更加難受的巨大羞辱，因爲玷污了她純潔的感情。

他知道自己剛才可能傷害了她。可是，這樣的回答，已經是在努力將傷害降至最低。好在，那樣的小女孩，愛也容易，忘也容易，受一點點傷也不一定是壞事吧？

憑心而論，他不是不喜歡她。

她的青春，敏感，狂野，任性，以及才華橫溢，嬌豔欲滴，對於他在在都是一種誘惑。

也是危險的警告——她不是一個可以玩的女子。

他非常喜歡他們單獨相處的時刻，但僅止於琴奏。當他彈起鋼琴或者拉起大提琴，而她翩翩起舞，他便覺得生命是充盈的，喜悅的，優美而豐富，靜謐而平和。

然而一旦曲終，接著便是人散，否則不堪面對。

舞者和琴師的愛，永遠是相望不相親。

止於舞台。

台上的丹冰在旋轉，永遠沒有盡頭的旋轉，彷彿穿上了傳說中的紅舞鞋。這也是芭蕾演員最考腳力的基本功，旋轉的時候，腳尖不可離開原地半寸，就像一根針釘在羅盤上。

當她旋轉至不可能的迅急，足尖迅速交替，緩下身形，不住地踏著小碎步一次又一次騰空，一次比一次慢，但是一次比一次高，無限憂傷留戀，羽毛顫動，若有萬語千言不知從何說起，她最後一次抬頭，凝眸，櫻唇將啓，而雙目微闔，正欲拚力一搏，作最後一次衝刺，一直衝到天上去……音樂戛然而止，天鵝猛地撲伏在地。

死一般寂靜。

全場的人都忍不住身子向前輕輕一僕，似乎受到震盪。

在幽藍的追影燈下，在若有若無的音樂聲中，在全場幾千雙眼睛的注視裏，天鵝雙臂交疊，不斷做出一個又一個優美哀婉的折腕動作，那麼慢，慢得好像舉起千鈞重擔，偏偏又那麼柔，柔得彷彿風過葉梢。然後，驀地一回頭，眼神凝住，電光石火間，那用盡心力的一瞥，彷彿說盡萬語千言，竟是淒絕豔絕。

曲風一驚，一聲餘響繞上屋樑，久久不絕。

而天鵝已經淒惋地收回眼光，亦收攏雙臂，緩緩做出最後一個收場動作，合身倒伏，再不肯抬起頭來。

萬籟俱寂。

寂寞如天鵝之死。

大幕緩緩落下，觀眾忍不住全體起立，掌聲雷動。

沒有人看到，一滴淚自丹冰的眼角悄悄滑落。

她沒有爬起來。

她再也不會起身跳舞。

旋舞中，她早已心力俱竭，她的心已碎，魂已飛。

其實，早在大燈砸中她的時候，她的心就碎了。只是，她有強烈的心願未了。就像那隻中槍的天鵝，在臨死之際煥發出生命最熱烈的渴望，誓要拚盡餘力去完成生命的未完成之處：一是要向他表白她的愛；二是跳完這支舞。

她都做了，然後從從容容地，選擇死亡。

在舞蹈和琴聲中，淒美地死去。

或者，重生，化為天鵝。

台下的觀眾擋在幕布後不明所以。可是後台的人是看到的。曲風第一個發現情形不對，衝向台上的時候，已經太遲。

丹冰伏在那裏，不語，亦不動，好像已經失去生的意志，再不願看這個無情的世界一眼。

呼救聲，尖叫聲，喊聲，哭聲，頓時響成一片。團長嘶聲叫著：「打一一九，叫救護車來，快，快！」

而台下掌聲在繼續。掌聲中，觀眾忽然大聲鼓噪起來，齊喊著一句話：「天鵝！天鵝！」

是莊周夢蝶，抑或蝶夢莊周？

是丹冰化做了天鵝，還是天鵝飛進了丹冰？

就在大幕緩緩拉上的一剎那，一隻天鵝自丹冰的身體中飛出，於眾人的眼光與喧囂聲裏，靜靜飛出舞院。

天鵝之死。

可是，在丹冰倒地的時候，天鵝卻活了。

用生命拚力一舞的丹冰，在曲終時飛做了天鵝。

第三章

紅舞鞋

月白的梔子花在夜晚妖嬈地開放，緩緩吐出妖媚的芬芳，像精靈，有一種不出聲的誘惑。

白色的香花在夜晚都是精靈，因為沾了月亮的光。

朱淑真在〈詠水梔子〉裏寫：「玉質自然無暑意，更宜移就月中看。」她是懂花的人。

你呢？你會不會懂得？

我用筆在花瓣上寫字，用筆尖刺破手指，讓血滴在花瓣上，讓我的血使她復活，讓她的香告訴你我的心。

我把帶著我心跳的梔子花放在你的琴台上，讓花香陪你在暗夜靜坐。

暗夜靜坐的你的身影是多麼美麗，讓我心醉。

我想跳舞。穿上紅舞鞋，舞至死，死在你的琴聲裏，你的懷抱中。

當我死後，你會替我脫下紅舞鞋嗎？

——摘自阮丹冰《天鵝寄羽》

丹冰從沒有過紅色的舞鞋，她的鞋子都是白色的，軟緞，繫著長長的帶子，一層層纏縛，像女子癡纏的心。

當她摔倒在舞台上，是曲風第一個抱起了她。他自己也不知道爲什麼，做了一個所有人都莫名所以卻不知阻攔的動作——替她輕柔地脫下舞鞋。

人們把這看成緊急搶救中一個奇怪的步驟，沒有給予深究。倒是曲風自己在事後反覆地想了很久，因爲他在脫下舞鞋後還做了個更奇怪的動作——將鞋子順手揣進了口袋。當時的場面太混亂，並沒有一個人注意到他這舉動，否則大概是要議論上一陣子的，至少也給他安上一個暗戀的綺名。

曲風是在一周後換衣服的時候發現那對鞋子的，他深深困惑，不明白自己爲什麼要脫下丹冰的舞鞋，更不明白怎麼竟會將它揣進了口袋。觸到鞋裏的楦子時，他心底流過一種奇特的感覺，彷彿觸到了丹冰柔軟的痛楚，彷彿那楦子裏還記錄著丹冰的心跳。

每個跳足尖舞的女孩子都會流血，浸濕一雙又一雙舞鞋。

這是丹冰的第幾十雙鞋子？

丹冰從六歲開始跳舞，就算一年兩雙吧，十二年，也總有二三十雙了吧？

這一雙落到了他的手上。

不必還給她了，丹冰已經不需要再穿鞋子。

丹冰不需要再穿鞋子了。

她被送進醫院的第三天，醫生宣佈：診斷證明丹冰腦部受到重創，淤血不能排除，導致神經壞死。雖然呼吸還在，但是大腦活動已經停止。換言之，她成了植物人，將永遠不能再站起來。

頓時，奶奶尖利的嘶叫劃破了整個醫院長廊：「不可能！我孫女兒是舞蹈家，她怎麼會變成植物人？你們有沒有弄錯？你們快讓她站起來，站起來呀！她還要跳舞呢！」

可是丹冰再也站不起來。

奶奶卻扶著牆坐倒了：「冰冰呀冰冰，我怎麼向你爸媽交代呀！你是要跳天鵝的，你要成爲大舞蹈家的，你怎麼不起來跳呀？你起來呀，你跳呀，跳天鵝給奶奶看呀。冰冰呀，奶奶的心裏疼呀，奶奶怕呀，你不要嚇奶奶，你起來呀，跳舞呀，跳天鵝呀……」

奶奶的哭訴讓所有在場的人都落了淚。劇團的女孩們更是抱在一起，泣不成聲。跳舞的女孩子以身體靈活柔軟爲己任，然而丹冰，卻要從此成爲一個僵硬呆板、沒有生氣的植物人。怎樣的諷刺？怎樣的殘忍？

醫生們見多不怪，卻也爲這個太過年輕的美麗女孩感到惋惜，他們帶著責備的口氣問團長：病人受創的第一時間，爲什麼不馬上送到醫院裏來呢？以致貽誤就治良機，讓淤血聚積。

當聽到團長關於丹冰當時並沒有什麼不妥，是在演出結束後才真正暈倒的答案時，他們目瞪口呆，完全不可置信，連連說：這不可能，以腦部的傷裂情況來看，她當時就應該徹底昏迷，根本沒有能力再站起來，更何況還要做劇烈運動，跳完一場舞。

回到劇團，所有人都沉重得吃不下飯。團長一個勁兒說：「是我耽誤了她，醫生說，我該早點把她送醫院的。我怎麼沒早點看出她不對勁呢？」

是該早一點發現玄機的。

在演出前一晚，劇團有個酒會，專為招待媒體。丹冰穿著綴亮片的露背晚禮服，異常美豔高貴，像個公主，這是她第一次做主角，可是眉宇間毫無喜悅之色。高腳酒杯，曳地長裙，穿行在人群間，不飲自醉，略帶迷亂地應對著迎面遇到的客人，並答記者問：

「我是一個舞者，只是一個舞者。」

「結婚很遙遠，男朋友更遠。戀愛近一些。在哪裏？」

「死亡是美麗的，尤其天鵝之死。我死後會化做天鵝。」

一語成讖。

當時還只道她沒有經驗，任性，不擅應對。原來一切都是註定的。都有預兆。

團長內疚得連夜打了辭職報告。但是上頭沒有批。官方領導人當晚也在劇院，坐在前排最好的位子觀看演出。他們親眼看到，丹冰跳得相當好，完全不像受傷的樣子。

她演活了那隻天鵝，卻演死了她自己。

阮丹冰病狀在醫學界引起了譁然大波，多家醫院的腦科專家爲此舉行了一次專門會診，得出結論是：這樣的重創下沒有人可以重新站起來，除非有替身。換言之，表演「天鵝之死」的人，不可能是受傷後的阮丹冰。

團長已經完全失去思辨能力，只是喃喃地說：「不可能站起來？那跳舞的人是誰？我明明親眼看到丹冰好好地睜開眼睛說：我沒事，我還要飛。不是丹冰，那是誰？誰在跳舞？」

曲風更是深爲困擾，事發後，有記者追著他問：「請問是什麼力量促使阮丹冰那樣勇敢？她是不是愛上了你？」

「愛？」曲風只覺荒誕，「這是小說裏才有的辭彙。」

他對丹冰感到深深的感激和虧欠，可是他不覺得這與「愛」有什麼關係。太多的感情遊戲早已使他對愛麻木，他的名言是：「香煙我只抽『駱駝』，女朋友卻是越多越好。」他和各色各樣的美女約會，拍拖，給她們送花，卻從不對任何一個人說愛。因爲不相信。

爲了逃避記者的追蹤，他不得不請了一個星期假要求休息。團長很能體會他的感受，一聲不吭就給開了條子。

曲風在家裏整整懶了一星期，吃泡麵，喝啤酒，頹廢得話也不願多說一句，女朋友們打電話來，他接也不接，有人敲門，也不開。

柴可夫斯基放得震天響，來人不會不知道他在家，便一個勁兒堅持不懈地敲。他聽到，也當沒聽到，只把音樂開得更大聲。

門外的人終於洩氣了，卻悉悉索索地，自門縫裏塞進一封信來。他看一眼信封，知道是化妝師小林，便又隨手丟開了。

一連七天。

空的酒瓶子漸漸堆滿了屋子，泡麵也都吃完了，他終於不得不起床，想出去再買一些來。換衣服的時候，看到了那雙鞋。

曲風把那雙鞋子托在手上端詳良久，不知道該把它們放到什麼地方，扔吧，不合適，藏起來，更不合適。

最後，他把它們放在了琴台上，那盆梔子花的旁邊。

當夜，梔子就開花了。開在月光下，花瓣晶瑩透剔，像少女的皮膚般嬌豔，香氣濃郁而不安分，蠢蠢欲動，就彷彿有個精靈躲在裏面似的。

曲風站在窗前深深地嗅著，從不曾發現花朵原來是這樣美麗。

在花香和微風裏，他隱隱約約地想到了什麼，有關一朵花的心事，一個舞姿，一個眼風，一個媚影。但是他想不分明，生平接觸的女孩子太多了，誰知道誰才是誰的心痛呢？

曲風並不知道梔子是丹冰送給他的。

他甚至沒注意什麼時候琴房裏多了那麼一盆花。

是同事先發現的，打招呼說：「噢，你養了盆梔子。」

於是他知道自己的琴台上有了盆花，那種花叫做梔子。怎麼來的，爲什麼會在這兒，卻沒想過。

當然也不記得給花澆水。可是花依然長勢很好，綠葉榛榛的。

每個人經過，都會說：「曲風，你這盆花不錯。」

「噢，不錯。」他隨口應著，時間久了，便成了習慣。開始記得自己有那樣的一盆花，叫梔子。

到了冬天，放假前，劇團發年貨，他叫了計程車來拉。同事好心地叮囑：「把花也搬回去吧，不然一個節過完，沒人給它澆水，就渴死了。」

曲風答應著，便把花搬回了家。天天看著，就也記起了澆水。卻仍沒有想過，這盆花到底是哪裏來的，之前，又是誰一直在為它澆水。

再上班時，團長告訴他丹冰已經出院，回到家裏。

「因為她那種情況，你也知道，住不住院都是一樣，盡人力而聽天命，挨日子罷了。」團長說，他在這一周裏好像老了許多，鬢角有白頭髮了。

曲風也是黯然，看著壁上一幅「紅舞鞋」的劇照，久久沒有說話。

「紅舞鞋」是一個很著名的舞劇，每個舞蹈演員都喜歡拿它來說事兒：故事裏熱愛跳舞的女孩得到了一雙有魔法的紅舞鞋，她穿著它去參加舞會，舞姿美侖美奐，不可想像地優雅絕妙，當她旋轉時，全場的人都為之傾倒，目眩神迷。可是，當舞會結束的時候，災難發生了，她發現她脫不下那雙魔鞋，也停不下她迷亂的舞步。她就那樣旋轉著，飛舞著，舞過草原，舞過泥沼，舞過春秋四季，一直舞到她力竭而死的那一刻。

她死在了情人的懷裏，情人為她脫下紅舞鞋，女孩說：「終於不用再跳舞了，真輕鬆。」然後，她閉上了眼睛。永永遠遠地閉上眼睛。

這個故事深深打入了每個舞者的心，每當舞至疲憊，便有女孩子感歎：「什麼時候才可以脫下這雙紅舞鞋呢？」

雖然，她們個個穿的都只是白色的練功鞋。

曲風歎息，想起被他收進衣袋的那雙丹冰的舞鞋。

「天鵝之死」的巨大成功已經使丹冰一夜成名，大報小刊到處都登載著丹冰舞蹈的劇照，有幾百名觀眾站出來做證說當時親眼看到有天鵝自幕後飛出，雖然記者們其實未必相信這樣的神話，卻也都不深究，當作一段豔聞四處傳播著，非但不闢謠，反更使用生花妙筆，愈發渲染三分。

於是，一時間芭蕾舞女演員阮丹冰拚力一舞化天鵝的故事傳遍大街小巷，成爲今夏熱聞。

許多舞蹈家一輩子都達不到的知名度，丹冰在一夜之間做到了。

可是這些熱鬧與榮譽，同她還有什麼關係呢？她已經脫下她的紅舞鞋，再也不能起舞了。

末了，團長說：「改天一起去看看她吧。」

他們見到丹冰。

丹冰躺在床上，赤著腳，因爲已是初夏，沒有蓋被子，只半搭了一條五彩斑爛的印度薄毯，色彩極其喧鬧，愈發襯出她蒼白的臉，和拖在被子外面的一把黯淡的長髮。

丹冰的長髮是被女孩子們一直豔羨著的，又黑又亮又直又順，散開來是一片雲，束上去是一座塔，當她跳天鵝，簪上簡單的羽飾，黑白分明，單是一個背影已經令人心動。

可是現在它們失去了光澤，潦草而枯乾，微微地泛著黃，並且日漸脫落，像是秋風中飄搖的樹葉，即使沒落，日子也是屈指可數。

臥室門連著大陽台，黃油色的芸香實木地板一路延伸出去，門的一角，依稀可見纏滿玫瑰花枝的吊籃籐椅在風中寂寞地搖盪，旁邊一隻小小藤製茶几，平日大概用來擺放咖啡飲料的，如今孤零零地待在那裏，空落無言。

從丹冰家回來的路上，曲風和團長都沉默。沒什麼好說的，說什麼呢？

這並不是他第一次去丹冰家，劇團裏有不成文規定，成員輪流在家開派對宴客聯歡，他一向很少參加，但是那次輪到丹冰，他卻也有點好奇——因爲丹冰同他一樣對集體活動不熱心，難得做東——便去了。場面很熱鬧，規模也還罷了，只是客將散時，她取出潔白毛巾來擦拭桌面，白毛巾很吸水，嗖一下變得汙濁不堪。隔一會兒曲風洗手時，發現毛巾已經扔進字紙簍。

——那樣矜貴的公主，處處追求完美，曲風承擔不起。

一條毛巾能值幾何？錢還在其次，重要的是那種排場，令人敬而遠之。

而且她同奶奶對話時，會一直使用敬語，祖孫兩個彬彬有禮，彼此遞只果盤，也會「請」、「謝謝」不停口。奶奶不像一個老人，孫女兒不像一個孩子，那套做派，更像是英國皇室成員喝下午茶，

曲風自知不是王子，更不完美，沒想過要同一個公主做朋友，何況，還是個豌豆上的公主。

同時他想起有一次在後台，他抽煙時隨手將煙蒂丟在地上，無意間回頭，看到丹冰俯身撿了起來——這樣的潔癖，真讓人吃不消。

是從那以後日漸疏遠的。

再來時，已經物是人非。

當他站在她床邊看她，不由自主，總是擺脫不了那樣一種聯想：如果不是她及時出手相救，現在躺在這裏的人就應該是他而不是她。

我雖不殺伯仁，伯仁終因我而死。

他又邀請團長去喝酒，團長沒答應，還說，你也別再喝了，還要彈琴呢，丹冰會聽到的。

丹冰的病房裏有一架鋼琴，琴蓋髹成白色，很雅的一種白，而不是通常琴蓋的黑或銅褐。

琴台上，也有一盆梔子花，已經開花了，一樣的瑩白如雪，可是沒有香氣。

就像是躺在床上依然美麗卻沒有生意的丹冰。

花和她的主人一樣，都失了心。

這使曲風終於有一點感觸。他第一次懷疑，自己的梔子可能是丹冰送的，而丹冰對他的感情，也不僅僅是一個小女孩的一時衝動。

他一直忘不掉丹冰跳「天鵝之死」在收場動作前那最後的一望，無限的深情，無限的美。

她好像有很多話要對他說，她的心事，並不像她表面上看起來那樣年輕。

那些沒有說出口的那些話是什麼呢？梔子花知道嗎？

他甚至特地上網搜索了一些關於梔子的資料：茜草科，葉色四季常綠，花朵多在夜裏開放，除觀賞價值外，其花、果實、葉和根可入藥——多麼奇特又多麼豐富的一種花。

曲風越發懷疑，在月夜開放的梔子，一定會知道很多不爲人知的秘密吧？

就因爲團長說了那句「丹冰會聽到的」，曲風向奶奶提出，他要常常來看丹冰，給她彈琴。

奶奶答應了。

奶奶的年齡其實和曲風媽媽也差不多，但她的確是位奶奶，她像一位真正的奶奶那樣關心著曲風，安慰他的內疚與落寞，給他講丹冰小時候的故事。她說，丹冰睡了以後，這屋子實在是太靜了。常常，當她對著大鏡子打盹，就會恍惚看到鏡中有個小小女孩在練舞。那麼小，才六歲，因爲孤獨而無助，只有不知疲倦地跳著自己才知道的舞步，跟自己的影子玩兒。

他第一次知道原來丹冰的童年是那樣寂寞。這使他想起他自己，也是一個沒有父母疼愛的孤兒。

他的血液裏，有著四分之一的西班牙血統。不知是不是這個原因，使他自小養成那樣乖戾不羈而又渴望自由的個性。

同丹冰一樣，他的親人也都在國外，不同的是，他們不給他錢。

原因很簡單——他是個私生子。

他的爺爺在二戰時參加美國軍隊來到上海，誘姦了他奶奶後回到西班牙，留下他奶奶，在人們的白眼和嘲諷中屈辱地生下他的爸爸，所以他的爸爸是個私生子；後來他爸爸同他媽媽相愛，已經談婚論嫁了，忽然那個西班牙的富爺爺來信找他，提出如果他肯代表他的家族與另一個富翁家族聯姻，他就可以得到西班牙國籍和一份不菲的遺產，他一分鐘都沒有猶豫就投奔了去，連個地址都沒留下。那時他媽媽的肚子已經很大了，不可能墮胎，只有恨恨地生下他，卻連看一眼也不願意，就將他送了人。

現在，他的爺爺奶奶都已經不在了，死在不同的國度，可是他們留下的恩怨卻並沒有了。他們留下了他，也留下了他的私生子的命運。

生命可以結束，命運卻會重複。

他在阿姨家長大，很小就讀寄宿學校，以優異的成績考入音樂學院，直至成爲一個芭蕾舞劇團的風流琴師。他彈鋼琴，也拉大提琴，手風琴，甚至吹口琴。

他對一切樂器都感興趣，熱情不亞於丹冰之於舞蹈。

可是他的熱情也是冷的，帶著仇恨，和對生命深深的厭倦。

他從沒有想過自己生命的意義，也沒想過將來，可是當這條命被一個女孩子用自己的生命挽救過一回後，他卻不得不重新思考生命的價值，他現在是在替兩個人活，不然女孩的犧牲就落入了虛空，變得滑稽。

琴聲流盪在病房裏。

是「天鵝湖」的旋律。曲風沉浸在自己的彈奏中，比平時的演出還要投入。因爲，他是在彈給丹冰聽；因爲，團長說過：丹冰會聽到的。

天鵝從琴聲裏飛出窗子，飛翔在寧翠流碧的湖上，羽白如雪，顧影自憐。

一聲歎息傳來。曲風驀地住了手：「是誰？」

沒有人回答。風動紗簾，花葉拂疏，丹冰在床上沉睡。

曲風自嘲地笑笑，是幻覺吧？守著睡美人一樣的丹冰，特別容易產生幻覺。

接著又是一聲歎息。

這次聽清了，卻是奶奶。

奶奶穿著綠色暗花挑金線的絲絨旗袍，端著一杯紅茶站在門口，輕輕說：「你也彈了很久了，累了吧？喝杯茶，歇一歇。」

這一刻，曲風比任何時候都更想誠心誠意地叫一聲：奶奶！

第四章

天鵝湖

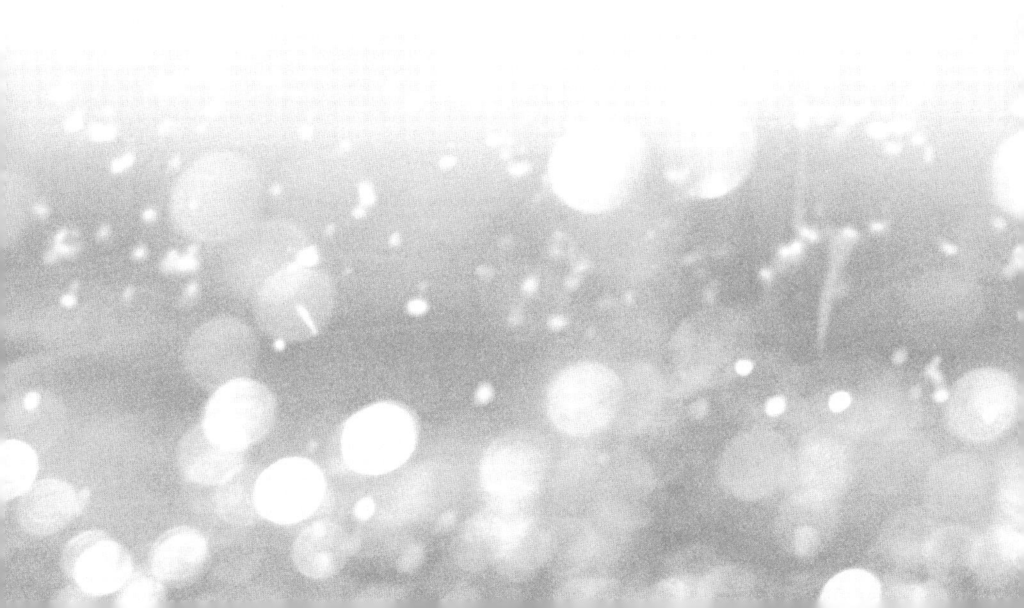

我又給你寫信了。

我知道這些信都是發不出去的。但是也許很多年後會有人看到它們。有人看到它們的時候，我一定已經不在人世了。我的身體在土下風化，或者，飛做天鵝。

可是這些信還在，於是我對你的愛也還在，像耶穌釘在十字架上，當我在紙上寫下對你的愛，我的心也就釘在了紙上。

這些紙拿在別人的手裏，一拿起就變了灰，散在風中，風一吹，就空了。我的愛也空了，靈魂得到飛升。

如果我不再愛你，我會變得很輕鬆。輕如天鵝。

——摘自阮丹冰《天鵝寄羽》

丹冰醒來時，發現自己在湖邊。

天鵝湖。

荒野密林的深處，綠柳成蔭的湖岸，岸邊是鮮花爛漫，鳥語呢喃。湖面上青萍聚散，荷葉連天，有無數天鵝在其間冉冉地游。

天鵝，真的天鵝。

丹冰在動物園看過天鵝，專心揣摩過牠們的姿態，並將它融進舞蹈。可是，這樣近這樣真切地看到一群野生的天鵝，這還是第一次。

天鵝們在湖上嬉戲，優遊爾雅。一層淡淡的綠煙浮動在湖面上，隨著風的吹拂時聚時散，變幻無窮，像一個做不醒的夢。湖底青荇搖曳，引得魚兒不住地接喋。有風將岸邊的落花吹了到水中，載浮載沉，漸行漸遠。

丹冰豔羨地看著，目奪神馳，只覺水光雲影，搖盪綠波，不待仔細尋味，卻已變幻於無形，真是畫裏也描繪不出的美景哦！她不是一個擅詩的人，可是此情此景，卻使她想起一首極古老又極簡單的詩來了——

蓮葉何田田，魚戲蓮葉間。
魚戲蓮葉東，魚戲蓮葉西，
魚戲蓮葉南，魚戲蓮葉北。

如果可以將「魚」字改成「天鵝」，就更恰當了。她撐著地面想站起來，忽然發現自己居然沒有手，她的手臂化成了兩隻翅膀，而她的腳，腳趾粉嫩透明，趾與趾間長著小小的蹼，她驚叫，卻說不出話來，她的聲音是一種鳥鳴——哏哏！哏！哏哏！

她變成了一隻天鵝。一隻不折不扣的真天鵝。

丹冰張著天鵝的翅膀撲遝至湖邊，在水面投下自己的身影：小小的冠，小小的喙，完美的雙翅，還有完美的蹼，她真的變成了天鵝！

臨波照影，她細細地想回頭，想到舞台上最後的演出就再也想不下去了。記憶裏的最後一個片斷是「天鵝之死」裏那個淒惋的收場動作，雙臂攏合，愈伏愈低，漸漸合攏羽毛，宛如安靜地睡去。

再醒來，黃粱已熟，而她，變作了天鵝。

今夕何夕？此地何地？是她撞進了時間隧道？還是已經重新轉世投胎？這裏是世外桃源亦或綠野仙境？如果再回到人間，不知是不是已經百年？

天鵝們看到有新夥伴加入，並不見得友好，一齊對著她示威地鳴叫——哏！哏哏！

丹冰聽出了那語氣中的憤怒和不歡迎，卻聽不懂具體的含義。她委婉地解釋，想向牠們表示自己並沒有惡意，可是——哏哏，哏哏。她發出天鵝的鳴聲，可仍沿用著人類的思維方式和語言習慣，她是一個異類！她的叫聲裏，沒有意義。

她啞住，知道自己做了一隻「夾生天鵝」——空有天鵝的身體，可是思想，仍然是個人，是那個跳舞的小姑娘阮丹冰。

天鵝們聽到她語法錯亂的鳴聲，以爲是挑釁，更加不滿了，結成一隊向她逼近，一齊振翅斥責：哏哏！哏哏！

沒有人瞭解自己的語言，哦不，應該說，沒有天鵝瞭解自己。丹冰落寞地低下頭，游至角落裏，對著湖水清理自己的羽毛，心底盛滿難言的孤寂與哀傷。初夏，乍暖還寒，她半埋在水中，天鵝的眼睛裏，流下了兩行人的眼淚。

水猶冷，眼淚更冷。

做人的時候，常常喜歡感慨著一句話：人在人群中最孤獨。

現在才知道，一個擁有人的靈魂的天鵝，在天鵝群中才真正孤獨。

暮色四合，夜的溫柔一層層濃濃地擁圍上來，略覺清寒。

丹冰用翅膀裹住自己，懷念著鴨絨被和木板床。再硬的床也比最軟的草好呀。露水打濕了她的羽毛，她微微打個寒顫，舉首望天，廣漠浩瀚的夜空點綴著幾顆疏落的寒星，橫著淡淡的一縷雲，若有若無的雲絲中，一輪孤月高高地懸著，冷冷地綻放一天清峻的光華，居高臨下地俯視著人世滄桑，萬家燈火，還有這寂寞的叢林湖畔。

湖心島上，天鵝們都睡了，立著一隻腳，連負責守衛的哨兵天鵝也朦朧。丹冰睡不著，怎麼能睡得著呢？這是她天鵝生涯的第一夜，太離奇，太渺茫，太莫名其妙，太匪夷所思了。還不習慣站著睡覺，一雙翅膀有事沒事地撲打著，不明所以。

她還是一隻新報到的天鵝哪。

她漫步在湖邊，欣賞著剛剛抽出令箭的荷花，已經是五月了，很快這些花就會開放，像一個個凌波仙子舞在水面，像塔里尼奧在舞劇中扮的仙女。哦仙女，那真是一齣美麗的舞蹈。

丹冰開始試著在湖邊起舞，用她新生的蹼，而不是踮起腳尖。多麼諷刺，曾經想盡辦法將全身的力量集中在一雙腳尖處，一點一顫地舞動。現在，卻因爲扯開腳掌而失去重心，要從頭學習平衡這門學問。

振翅，跳躍，大跳，再一個大跳，騰空……咦，她飛起來了。她真的飛起來了！

丹冰靜靜地在湖面上飛了一個圈又一個圈，用這個視角俯看地面真是好玩呀，湖水與荷花都好像要迎面撲來似的。一隻蛙躍上荷葉對著她「呱」地一聲，丹冰陡地一驚，失去了平衡，一個倒栽蔥扎進湖水中，連忙划動翅膀，撲騰著躍出湖面，十分狼狽。

忽然，四下裏響起歡笑聲：嗄嗄嗄，嗄嗄。原來是那些天鵝被驚醒了，看到她這番狼狽，都笑起來。

丹冰羞窘地將頭藏在羽毛間，等一下伸出來，天鵝們又開始笑：嗄嗄，嗄嗄嗄。噫，可真難聽。丹冰忍不住也笑了，嗄嗄。哼，竟是一樣的。原來，同爲天鵝，雖然她還不懂得該怎樣使用天鵝的語言，可是表達最簡單的喜怒哀樂時，她們的聲音卻是一樣的。

丹冰知道了，高興起來，起勁兒嘲笑自己：嗄嗄，嗄嗄嗄。

天鵝們看到這新來的夥伴這樣活潑好玩，都對她友愛起來，有了好奇心，紛紛游過來同她親熱地交頸，互啄羽毛。有兩隻天鵝更在她面前表演高難度的飛行，如何振動翅膀加速或轉向，如何在收攏翅膀時繼續滑翔，姿勢優美嫺熟，比丹冰自己琢磨出來的強多了。

丹冰的好勝刻苦勁兒又上來了，立刻開始學飛，一圈又一圈，不厭其煩。天鵝們搧動著翅膀給她加油，笑聲在月光下傳得格外清遠：嗄，嗄嗄，嗄嗄嗄。

丹冰覺得，那真是世界上最好聽的聲音！

清晨。當第一縷陽光射進密林時，天鵝們便醒來了，開始一天的遊弋。牠們圍成一圈，熱心地給丹冰當老師，教牠如何熟練地使用腳蹼滑水。那情景，真跟劇團裏排練「天鵝湖」一模一樣。

丹冰覺得，在這一刻，自己就是舞劇中那個被施了魔法的天鵝公主奧傑塔，等待著王子來搭救，而這些天鵝，就是和她一起罹難的女伴們了。只是不知道，如果她們也都是人變的，又是一些什麼樣的人呢？

故事裏說，只有從未許給別人的，忠貞不移的愛情，才能解除奧傑塔的魔法，讓她重新變回人形。

王子向奧傑塔發誓會永遠愛她，並將在母后為自己舉辦的宮廷舞會上宣佈與她訂婚。奧傑塔告訴他，她的命運掌握在他的手中，如果他破壞誓言，她將和她的女伴們永遠消失。

到了第二天舞會開始的時候，奧傑塔礙於魔法的困厄無法出現，而長相與她酷似的黑天鵝奧吉尼婭卻冒名前來。王子把她錯認作白天鵝奧傑塔，當眾宣佈要娶她為妻。奧吉尼婭成功地破壞了王子的誓言，尖叫著飛走了。王子知道中計，追悔莫及。天鵝湖畔，悲痛得無以復加的奧傑塔向女伴們訴說了王子的負心，這已經是她們的最後一夜，等到天明來臨，她們就將從此消失，化為虛無。天鵝們傷心地哭泣，手臂搭著手臂，最後一次跳起悲傷的輪舞。

這時候王子趕來了，他告訴奧傑塔，他並沒有背叛她的愛，他所以會答應娶奧吉尼婭，是因為把她當成了她。他對著奧吉尼婭發誓的時候，念的是奧傑塔的名字，那些誓言，仍然是對她而發。

魔法被破除了，純潔忠貞的愛情獲得了最後的勝利，奧傑塔和女伴們圍著王子跳起歡快的舞蹈……

密林深處，有一雙眼睛在窺視。

一雙人類的眼睛。充滿人類特有的貪婪與欲望。

丹冰驀地停下舞步，憑著同類的本能，驚覺到危險的訊息。她回過頭去，便迎上了那對眼睛。獵人的眼睛。與那侵略性的眼光同時暴露出來的，是黑洞洞的槍管。

不好！丹冰張開翅膀，大聲向同伴們示警：哏哏哏哏哏哏！

可是天鵝們聽不懂她的話，又爲她奇怪的發音大笑起來，嘎嘎！嘎嘎！

獵人舉起了槍，那槍管在瞬間化成舞台頂突然墜落砸向曲風的大燈，丹冰不顧一切，忽然張開翅膀俯衝過去，以在燈下救曲風的速度和勇氣義無反顧地撲向草叢中的獵槍……

砰！槍響了，一縷青煙，丹冰的身形一窒，血花飛濺，她墜倒在地，猶自拍動著那隻未受傷的翅膀情急地向同伴們告警。

天鵝們被驚動了，嘩地一下飛起，在瞬間遠遠飛散。

獵人舉起獵槍連連向空中射擊，已經來不及了，天鵝們及時地安全飛離到射程之外。

丹冰笑了。

獵人懊喪地站起，奇異地看著那隻受傷的天鵝，又是惱怒又是驚訝，多麼聰明而勇敢的一隻天鵝，竟然懂得用犧牲自己來保護同伴。因爲感動，他在一瞬間竟然有些動搖，想放過那隻天鵝，可是想到錢……

「挺俊的一隻天鵝，賣到餐館去，一定能賣個好價錢。」獵人自言自語著，倒提著那桿冒煙的獵槍向丹冰走去，可是，就在他的手剛剛伸出，那隻天鵝忽然騰空飛起，灑下一路血花直直地向叢林之外飛去。

天鵝之死。死也不要死在獵人的手上。牠還要在死前作最後的掙扎，完成最美的舞蹈。

天際有雲絲縹緲，獵人舉首悵望，哪裏還有天鵝的影子？

丹冰在天空上寂寞地飛，拚盡最後的力氣。

她要去找她的王子，只有王子才可以破除魔法，救她重生。

施魔法的人並不是可惡的巫師，卻是人類中最平庸卑賤的——以獵殺珍禽謀取暴利的偷獵者。

漸漸飛出叢林，回到城市，正是近鄉情更怯，不禁有幾分患得患失。

呀，依然是那般的高樓大廈，依然是那般的車水馬龍，有軌電車叮叮噹噹地馳過，電影院門口的海報並沒有換。

她放心了。不是南柯夢醒，沒有昏睡百年，現實並不曾流失在時間的汪洋裏，上海依然還是她熟悉的那個上海，並不曾改朝換代。

霓虹燈依次亮起，天鵝飛過鱗次櫛比的高樓，在人群中尋尋覓覓。

相思如扣，少女的心事從來都只爲那永恆的一個人——曲風才是她的王子。

近了，更近了，已經看得見劇院圓圓的屋頂。今夜有大型舞劇表演嗎？不知是不是「天鵝湖」？是不是「仙女」？是不是「紅花」？是不是「吉賽爾」？

丹冰棲息在劇院的屋頂，俯視人群如潮水湧出。

她等待著。

她知道曲風總是最後一個走出，抱著他心愛的大提琴。

月亮很冷。城裏的月亮沒有叢林裏那麼清明，可是也有如水的光輝，平整整地鋪滿在劇院門前的空地上。

丹冰的翅膀在流血，一滴一滴，滲出牠生命的氣力。

她堅持著。不，不能死去，一定要堅持到曲風出現，她要再見曲風一面。當她是一個人的時候，是爲了曲風才拚力承接那盞當頭砸下的巨燈的，也是爲了曲風才有勇氣在重擊之後仍然堅持跳完「天鵝之死」；如今，她成了一隻天鵝，可是她的心依然和以前一樣，不管她的外表變成什麼樣子，她的心依然愛他。而垂死之際，最後的想望仍然是爲了他！

人潮漸漸散去，劇院門口冷落下來。

丹冰等待著。有沒有等過一百年？

終於，曲風出現了，不僅有他的大提琴，還有小林！他們手挽手，肩並肩地自劇院裏走出，如交頸鴛鴦，相依相偎——鴛鴦的世界裏，沒有天鵝。

丹冰本能地呼喚了一聲：哏！她閉了嘴，絕望地起飛。作爲一隻擁有人類思維的天鵝，她既不能表達天鵝的語意，也無法發出人類的語言。她不僅是一隻夾生天鵝，更是一個夾生人。

她不想再見曲風了，她已經看到他的背影，夠了。剩下的，就是找一個隱秘的地方，安靜地有尊嚴地不受打擾地死去。她拍動翅膀，如白雲出岫，掙脫種種的情緣糾扯，欲破空飛去——但，不行，她沒力氣了。

她沒力氣了，垂直地落下，落下，如萬念俱灰，塵埃落定……

曲風聽到拍打翅膀的聲音，驚訝地抬頭，看到一隻天鵝對著他直直地墜下來，落在他腳下，不動了。他俯下身，看到天鵝的翅膀，流著血。血迅速地染紅了地面，像蜿蜒的心事，潺潺如訴……

第五章

不是每場戀愛都會傾城

七月三日。

今天是我的生日。

奶奶忘記了。

沒有人會記得。

從小到大，我不記得自己什麼時候慶祝過生日。媽媽去世前也許有過，但那已經是很久以前的事了，那時我沒有記憶。

爸爸只記得給我寄聖誕禮物。在所有人都要過的節日裏。給朋友、同事、客户寫明信片的時候，會同時想起我，囑咐秘書寄多一份，如此而已。

沒有人慶幸我的出生，但是我想為自己慶祝，更想你陪我慶祝。我把你的照片放在我面前。把點燃的蠟燭放在面前。然後，放起「生日快樂」的歌。

你的照片，是我從劇團合影裏剪下來的，到影樓高價請人翻拍，放大，嵌進項鏈「心」裏的。

你嵌進我的心裏去了，拔也拔不出來。

我愛，對我説一聲「生日快樂」好麼？我的生命中滲透著對你的愛，至少，應該有你慶幸我在這世間的生存吧。如果你無視我的存在，那麼，我不知道生命還有何意義。

淚滴落在蛋糕裏，滴落在項鏈上。

無歡的生日之夜，我和蠟燭一起流淚。
我愛，對我説聲生日快樂好嗎？

——摘自阮丹冰《天鵝寄羽》

星期天早晨，小林給曲風打電話：「今天是我生日，請你吃飯好嗎？」曲風有些懶怠，可是這點風度也還是有，不大起勁地回答：「是你生日啊？那我請你吃飯吧。」

「謝謝！」小林就等著這一句呢。二十多歲的女孩子邀請男孩子同自己慶祝生日，那意義往往不止是慶祝那麼簡單，很多時候，生日慶祝到最後就變成了訂情紀念。

小林今年讀大四，來劇團是爲了畢業實習。從報到那天起，她就注意到了那個有著四分之一西班牙血統的著名的「英俊的曲風」。不僅僅是她，一起來的所有女孩子都注意到曲風了，她們爲他的瀟灑和傲慢所折服，又爲他的孤獨和不羈而敬畏。

那天，劇團爲了迎接她們的到來舉行了一個小型聯誼會，女孩子們三三兩兩地聚在一起議論著團裏的男人女人，故作不在意地瞟著逡巡獵豔的遊場男子們說笑談天，暗暗猜測誰會成爲誰的舞伴。曲風進場的時候，所有的女孩都忍不住一驚，本能地併攏雙腿，抿嘴而笑，說話聲卻突然放大三倍，無非是爲了引起他的注意，卻誰也不敢主動走近搭訕。

小林輕俏地笑：「有什麼了不起？一個男人罷了。看我的。」大大方方地走過去，將一隻手搭在曲風肩上：「可以請你跳支舞嗎？」

「是我的榮幸。」曲風攬住她的腰，順勢一個大轉身，兩人便轉進了舞池中央，驚得一干女孩子羡慕嫉妒恨，又不好說什麼，便都捂住嘴吃吃地笑。

曲風斜一眼：「她們笑什麼？」

「她們想讓你好奇她們在笑什麼。」小林答，高高地昂著頭。這會兒，她是勝利者。

曲風略略驚訝。他有些喜歡這個女孩子的大膽和機智。看得見的淺和看得見的深。

他不喜歡兩種女孩子，一種是太膚淺至淺薄無知的，一種是太深沉至深不可測的。丹冰就是個太深沉的女孩，年紀比誰都小，心思比誰都重，小腦袋裏整天不知想些什麼，眼神時而狂熱時而冰冷，令人難以琢磨。曲風不喜歡同人打啞謎，對那樣的女孩向來敬而遠之。但是當然也不會喜歡結交些胸大無腦的十三點。小林對他而言，深和淺都恰到好處。

兩個人很快就走得很近。

如果不是出現丹冰重傷的事，也許這會兒他們已經如膠似漆了。曲風對女人一向隨便，來者不拒。前提是，對方得是一個玩得來的女孩子，要他起勁去追的，他是沒興趣的。

洗漱過，腦子清楚了，曲風想起一件事來：天鵝。昨晚的天鵝！

昨天晚上，他剛從劇院走出，忽然，長空的一聲嗚唳驚動了他，在片刻間劃破他的心。他有一種受傷的悸動，抬起頭，便看到那隻天鵝，重重地垂直地帶著某種宿命的意味落在了他的腳下。

他沒有一分鐘耽擱地，把牠送到了寵物醫院，交給那位好像很有威嚴的老醫生的時候，天鵝已經奄奄一息。曲風不知道爲什麼在那一刻會感覺心裏那樣地痛，好像，如果救不活這隻天鵝，他自己也就沒法活下去了似的，他抓著醫生的手，幾近哀求：「你會救好牠的是不是？牠沒事的吧？不會死吧？」

老醫生翻檢著天鵝的眼皮，將手伸進傷口裏試深淺，幾番檢查，最後說：「是中了槍，沒傷在要害，只是失血過多，昏迷了，沒事的。」接著，他又說：「這隻天鵝也奇怪得很，流了這麼多血，卻硬堅持著飛到這裏來，應該是飛了很遠的路吧。怎麼做到的？」

那一瞬間，曲風想到了阮丹冰。丹冰也是在重傷之後依然堅持著最後的精力跳完「天鵝之死」的，她和這隻天鵝一樣，都有著驚人的毅力，和對生命的強烈的渴求。這使曲風更想救治天鵝了。

他給寵物醫院打個電話：「我姓曲，昨天晚上送來一隻天鵝，情況怎麼樣了？」

當他聽說天鵝已經脫險的時候，竟是由衷地高興，彷彿買彩票中了獎。纏繞了他許久的恍惚和傷痛好像忽然消失了，當他舉著花灑給梔子澆水時，甚至輕鬆地吹起口哨來。

曲風今天的心情很好。

好心情的直接受益者是小林。

燭光晚餐，薩克斯風伴奏，玫瑰花，巧克力禮盒，一個女孩子希冀可以在生日夜得到的，小林都得到了。

當曲風心情好的時候，實在是一個調情的高手。

同時，也是夢女郎的殺手。

小林的眼睛在燭光下撲朔迷離：「曲風，你對我真好。」

曲風不置可否地笑：「許願吧。」

小林許了願，吹了蠟燭。曲風又說：「切蛋糕吧。」

小林問：「怎麼你不問我許了什麼願嗎？」

曲風笑，答：「無論什麼樣的願望，我都祝你會實現。」

小林的臉紅了，眼光更加朦朧癡迷。

跳舞的時候，小林問起了那隻天鵝：「你打算把牠怎麼辦？」

曲風說：「治好牠的傷，就把牠放飛。」

「我昨天和水兒說起天鵝，她很好奇呢。」

「水兒是誰？」

「是我的外甥女兒，我姐姐的孩子。」小林說，這樣地同曲風閒話家常使她有種親如家人的感覺，心裏癢癢地喜悅，不明所以。因爲不明所以，那喜悅便顯得不牢靠，於是忍不住說得再多些，更多些，好像怕一停下來幸福感就會飛走了似的，反正也沒別的話題，既然開了頭，便忍不住說得更多，「水兒今年十二歲了，是個真正的小美人兒。一個小女孩，美豔得那樣過分，一出生就眉眼分明的，大家看了，嘴上都只說漂亮，像洋娃娃，心裏總是覺得怪。只有阿婆直言直語，說：美成這樣子，只怕折壽折福。」

曲風聽了，心裏一動，問：「怎麼呢？」

小林得了鼓勵，便更加絮絮地把家事說給他聽：「水兒九歲的時候，被發現患有白血病。我姐姐爲了給她治病，四處借債，頭髮都急白了，一年年治，一年年重犯，連血也已經換了兩次，可還是治不好。今年已經是第三個年頭，醫生說，如果再發病，只怕就沒指望了。」

小林說著，聲音漸漸發緊，心卻越來越軟。這些事原同他不相關的，可是同她相關，現在她同他說著這些本來同他無關的事，就好像他們之間更近了，有了某種關聯似的，把他和她的家她的親人聯繫起來，他們也就成了親人。

曲風聽著，心下一陣惻然。他見過小林姐姐，她來探小林的班，匆匆來匆匆去，並沒有交談，只依稀記得是個中年女人，衣著考究，舉止得體，但眉宇間頗憔悴，總有股說不出的焦慮。他因而對她第一印象並不好，卻想不到原來是爲了這種理由。

他有些感動。

有些母親生下健康嬰兒棄如敝屣，有些母親明知孩子身患絕症卻依然竭盡全力。他忽然很想見見那孩子，隨口說：「水兒現在身體怎麼樣，要不，改天帶她一起來看天鵝吧。」

「可以的，我星期天帶她出來玩。」小林忙不迭回答，又驚又喜。這是一個約會啊。她第一次發現曲風原來是一個相當有愛心的人，他冷漠的外表不過是假裝，他的心裏，有個寶藏，等待她去開掘。

舞曲響起來了。是一支狐步。

曲風很紳士地做了一個彎腰延請的手勢，小林便伏在了他的懷裏。進退，旋轉，依偎，溫柔地舞，溫柔地渴望，溫柔地祝願——她的願望，他說不論是什麼都祝她實現。他可知道，她的願望便是他麼？

一個英俊的多情的舞伴，有愛心，幽默，瀟灑，雖然賺錢不多，但有一技之長，有份正當職業足以養活自己，而且，是份相當高貴的職業，可以讓她在他的陪伴下傲視同儕——除了這些，他身上那種憂鬱與不馴相雜糅的氣質也深深地吸引著她，有如鴉片令人迷醉。她常常想，這就是所謂的貴族血統吧？

少女的夢，不過是那麼多，他完全滿足。還期待什麼呢？就是他了吧？只是，她該如何抓住他的心？

她不太能肯定他的心意，但是已經準備好要在今夜表白的。今天是她的生日，會給她帶來好運氣嗎？

借著酒意，她醉眼迷濛地看著他，輕輕說：「如果你能一直對我這樣好，多好。」

曲風微微一震，心裏說：該來的終於來了。他有些心跳，有些著緊，也有些煩惱，覺得了危險的存在，是要表明態度的時候了。女孩子們就是這點不好，對她們疏遠一點，她們抱怨，略微親近，就得隴望蜀，希冀得到更多。他覺得有必要及早聲明自己的態度，更正她的不切實際的幻想。她接受最好，不接受，就此分開也罷。偶爾扮多情送她一束玫瑰花一盒巧克力一頓有薩克斯風伴奏的燭光晚餐是可以的，一直這樣好？免了。

他擁著她，在她耳邊輕輕說：「古人說：十年修得同船渡，百年修得共枕眠。不知道跳一支舞，要修多少年的緣份呢？」

她並不笨，立刻聽懂了，反問他：「只是一支舞嗎？」

他笑，輕描淡寫地答：「也許更多，不過也差不多。」

她緋紅的臉忽然變得蒼白，有點冷，從頭到腳一直冷下去。他的意思，是要告訴她，他所期望於她的，不過是一支舞，一杯酒，甚或一夜情的因緣，卻不會是一生一世。

這些，其實早在她意料之中的，可是還是想得到他親口的證實。如今，他明白地證實了，承認了，她該怎麼做呢？像一個做慣遊戲的豪放女那樣欣然接受？抑或像個受到侵犯的聖女那樣拂袖而去？然而無論是哪一種，結果都一樣，就是她輸了。

她看著自己，今天是她的生日，爲了今夜，她特地穿上了自己最好的靛藍色真絲襯衫和鴿灰色的軟緞長裙，鑲嵌在夜空下，像一顆小星星。這樣認真地，鄭重地對待自己的失敗。

她忽然有些可憐自己。

這樣鄭重地慘敗，卻又不願意承認失敗。肯不肯就這樣成爲他眾多女人中的一個呢？肯不肯成爲他尋芳譜上新的一瓣馨香？

肯不肯？肯不肯？

舞步忽然就變得沉重了。

夜已深。

曲風和小林並肩站在酒店頂樓的落地玻璃窗前，都久久地沒有說話。從這個角度望出去，整個上海就盡收眼底了。上海的夜景是比白天更美麗的，在廣袤的夜空下，以東方之珠爲代表的萬家燈火顯得格外璀燦亮麗，浮誇得可愛。

同是一個上海，可是從窗裏面看出去的總有些不大一樣。窗外的人看窗裏，總覺得不真實；窗裏的人看窗外，又永遠都像是亂世。曲風和小林看著窗外，沒來由地就有幾分感傷。

小林微微地轉動著手中的酒杯，說：「上海就好像這杯紅酒，看著香豔，醉人，可是一點兒後勁沒有。上海是個輕浮的城市。」

曲風深深看她一眼，有些微的驚訝。她並不像自己想像中那般容易就範呢。

過了一會兒，小林又說：「在上海，是沒有人稀罕真情的吧？」

「你呢？你稀罕嗎？」曲風反問，喝乾了手中的酒。

小林搖頭：「我不知道。很多年前，我看過一本書，叫《傾城之戀》，作者是上海人，可是寫的卻是香港。那本書裏，男人和女人做遊戲，都彼此試探著，不肯多走一步路，生怕輸了自己，直到打仗了，城牆都塌了，兩個人才難得地真情畢露。書裏說，是傾城之災成全了那個平凡的女子。可是，總不會再有一回天地淪陷，來成全我吧？」

曲風倚著落地長窗，忽然便有了幾分愴惻，他望著窗外的萬家燈火，想起很遠很遠的從前，上海的傾城之災，是那時有了他的父親，從而又有了他。同樣的私生子的命運，不同的前程的選擇。他歎息：「如果每一段愛情都要一次傾城來成就，多少個上海，也都湮沒了。小人物，只好活在假像裏，不可以期冀那麼多的真。」

他凝視小林：「你很希望自己遇到一份真情嗎？」

小林搖頭，再搖頭，在他的凝視下，覺得無比孤獨，孤獨而蒼涼。她微微地顫抖，眼裏漸漸有了淚，終於，也將杯中酒一飲而盡，悲哀地說：「不，不希望，因為，我害怕傾城。」她終究還是肯了。

她終究還是肯了。

她是那種典型的上海弄堂裏長大的女孩子，有著上海弄堂女孩一切的精明與細緻。她們對於外國血統慣例是敬畏的，且不論那血統的來歷是什麼；她們很在乎「上只角」與「下只角」的距離，踩踏一切不如自己的，並且褒貶所有比自己強的；她們非常注重某個小團體的友誼，卻又對這友誼缺乏尊重的誠意，隨時準備著為了自己的利益而背叛它；進劇團的時候，所有的實習生與所有的舞蹈演員都對立，可是當實習生中某個人——比如小林罷——突然因爲搭上了曲風而高人一等時，她便成了比舞蹈演員們更可憎的那種人，會突然地被孤立起來，然而這種孤立又是令人羨慕的，畢竟，她的被孤立不是因爲失敗，而恰恰相反，是因爲她得到了別人所得不到的勝利。沒有一個同伴肯正面對她，但是，當她轉身的時候，她知道，所有的目光都在追隨著她。

她孤獨地品嘗著她寂寞的勝利，並且患得患失地，要把這勝利抓得更牢靠些。同伴們越是孤立她，她就越要做出洋洋得意的樣子。

她和丹冰一樣，從心底裏深愛著曲風，可是她們愛的方式卻不盡相同。丹冰的愛，是寧爲玉碎不爲瓦全，她卻是得到一點是一點。得到溫情，或者得到驕傲。因爲有著曲風的陪伴，這驕傲顯得十分張揚而有理。可是一旦失去曲風，也就失去了驕傲的憑藉，那樣的失敗會變得很慘很空，那樣的孤獨和犧牲也就變得很不值得，甚至，很賤。

她輸不起，所以她要精心經營她的愛情，哪怕是泡沫般的曇花一現的愛，她也得抓住，至少要維持到實習結束，將來的帳，將來再算，不能丟的，是眼前的面子。

而這點心理，曲風是知道的，也是可憐的，爲了這份「知道」和「可憐」，他願意陪她把一段愛情遊戲玩到底。反正又不是一生一世，三個月實習期，很快的。

但是，他也只打算維持三個月。

現世的愛情，都像速食食品一樣，有個期限，三個星期，或者三個月。只要有期限就好，就有個盼頭。最怕是古人那種要生要死的愛情觀，動不動就相約「執子之手，與子偕老」，甚至「上邪，我欲與君相知，長命無絕衰。山無陵，江水爲竭，冬雷震震夏雨雪，天地合，乃敢與君絕。」嚇不嚇壞人？

漫天的星星閃爍，但比不過路邊的霓虹，他們手挽著手走在鋪滿星光和燈光的馬路上，緩緩地，依依地，正像是任何一對多情的戀人。

她的手上捧著花，而他替她拎著她的手袋，和諧的，溫柔的，郎才女貌的一對兒。

外灘的燈塔下走著那麼多的儷影雙雙，誰知道是不是也和他們一樣，不過是一段有期限的逢場作戲呢？

林黛玉不再欠寶哥哥的眼淚，梁山伯也不再爲了祝英台而嘔血，現世的蝴蝶，都是毛毛蟲變的，愛情的規則，早已改寫，都只管享受眼前的這一刻。

話說開了，兩人都變得很輕鬆，很開放。至少，表面上很輕鬆愉快。

他們在燈塔下擁吻，像任何一對戀人那樣。他的吻纏綿而熟練，精通此道。她也配合得很好，全身心地迎合他，俯就他，滿足他。然後，他挽著她的手，邀請她和他一起回家，回他的家。

她的心「咔嗒」一下，好像落了定，又好像有什麼東西破碎了。幾乎沒有一點兒猶豫，她含羞地點了頭，可是心裏其實茫然。她清楚地知道這回家意味著什麼。這並不是她最期待於他的，但是，總得經過這一步，是嗎？總算是往前走了一步，是嗎？

如果她愛他，而又希望得到他的愛，總得有一些什麼具體的行爲將他們牽扯得更緊吧？男人和女人走到一起，不過是那麼些步驟。現世間，誰還會相信冰清玉潔的精神戀愛？

她本來準備了許多的話要對他表白的，可是現在都用不著了，現在他們要以更加實在的形式把那些表白定性。她更近地偎依著他，心裏不知是驚是喜，少女的童貞將要在今夜被獻出了，而她甚至沒弄清楚，他究竟是不是愛她。或者，她也不清楚，自己究竟是不是真正愛他吧？

即使愛，也不知道愛他什麼，最初的緣起，好像不過是爲了在一眾爭強好勝的女孩子中排眾而出，最後卻弄假成真了。但是成真，不也正是她希望的嗎？只是沒想到會這麼快，而且，這麼實在。但是童貞這件事，反正是要獻出去的，獻給他，或者給別人，其實沒有太大的不同。難道還指望留到新婚夜，從一而終不成？給了他，至少是自己喜歡的，是心甘情願的選擇，即使明知道這份愛不會長久，可是今夜仍然會是個難忘的銷魂之夜，這也就夠了。至於將來，誰管它？

晚風輕柔地吹過，她的鴿灰色的長裙在風中「啪啪」地起舞，真像是一隻夜歸的鴿子。他攬著她的腰，她倚著他的肩，兩人摟抱在一起，親親熱熱地往家走著，走向她的初夜，和他的不知第幾個纏綿的夜晚。路上，還特意買了些酒水和零食助興。

路過寵物醫院的時候，他說：「去看看那隻天鵝吧。」

她溫順地點了頭，心仍沉浸在對這個夜晚的患得患失間，畢竟是第一次啊，總有些不捨得。看他隨意的樣子，大概還不知道她是第一次吧？如果她告訴他，他一定不相信，或者，相信了，便不再要求於她。她看得出，他是那種怕認真的人，他同她在一起，不過是玩。但是，這個遊戲，是她發起的，也是她拚命要繼續的，即使是玩，也得玩得精彩一些。

不，她不要事先告訴他，要等他自己來發現。如果在纏綿結束後，他發現了她的童貞，會不會因此而更珍惜她一些，會不會爲此驚喜，或者爲此內疚呢？不論是哪一種吧，他總會因此對她更好一點罷？他總是虧欠了她的，這份虧欠會讓她手中的砝碼更重一些。

她看準他是一個雖然不肯負責任卻不是不懂得尊重真情的男人，看準他會因爲得到了她的第一次而待她有所不同，不同於他以往的那些女人。那時，她便可以要求他只對她一個好，至少，在三個月實習期內，對她好，好給所有嫉妒她的人看。幫她維持一個少女的脆弱的驕傲和虛浮的夢。

她就在這樣的浮想聯翩中隨他走進了寵物醫院，沒有想到，所有的計畫，竟在看到天鵝的那一瞬間，被完全地逆轉了。

第六章

口紅

我是這樣地想你。
想你的時候，夜漫長而孤獨。
我在給你寫信。這些能算是信麼？發不出去的信能算信麼？
這些不是日記，不是信的，終將隨著日月塵化的寫了字的紙是什麼呢？
寫滿你的名字，寫滿我的淚——流在無人的暗夜裏的，永遠不為你所知的淚。
如果可以把眼淚收集，我可以把它們做成一尊珍珠塔來送你了。

——摘自阮丹冰《天鵝寄羽》

小林原以爲今夜會是她的初夜了。

無論怎樣的女孩子，初夜都必然是她一生中最珍貴的紀念。她把這紀念珍惜地捧出，像蚌殼珍惜地捧出牠的珠，那深藏於心的，用眼淚和風浪磨礫而成的珠。

可是，計畫竟會因爲一隻天鵝而改變——

他們走進寵物醫院時，天鵝本是懨懨地伏在沙發上休息的，看到曲風進來，忽然奮力站起，拍打著翅膀迎上來，仰慕地望著他，神情無限欣喜。

曲風驚喜地蹲下身：「哦，小天使，你活過來了！」他忍不住擁抱牠，親吻牠的額頭。

天鵝似乎對這種親昵頗不習慣，連連後退，輕輕掙脫他的懷抱。然後，牠看到了他身後的小林，愣一愣，歪著腦袋，又退了兩步，戒備地看著她和他。

曲風站起身來，連聲向老醫生道謝：「真是妙手回春。」付了帳，又說：「依您看，牠還要住多長時間醫院？」

聽到這句話，天鵝似乎吃了一驚，立刻重新奔近來，倚住他的腿，狀甚依戀。

老醫生笑了：「依我看，牠其實不必住院的，只要你每隔一天帶牠來檢查一次換換藥就好了。牠好像希望跟你回去呢。」

曲風有些驚訝，開玩笑地問天鵝：「是嗎？你想跟我回家？」

不料，那天鵝聽懂了似地，連連對他點頭。

曲風益發驚訝：「你聽得懂我的話？」

小林也從她的幻想中清醒過來，走近來逗天鵝：「你真的聽得懂人話嗎？那你轉個圈給我看看。」

天鵝惱了，恨恨地看著她，忽然撲近來猛地一啄，正正地啄在她的手背上。

小林驚叫一聲，連連後退，差點撞翻了身後的貨架。她大怒：「你這天鵝竟然咬人?!」做勢欲打。曲風忙忙攔住：「別打，牠不認識你，難免不友好。也許以後熟了就好了。」

「以後？」小林驚訝：「你真的要把牠帶回家？」

「當然。不然送到哪裏去？牠傷得這麼重，還不能放生。我總得把牠的傷養好才行。」

丹冰借著天鵝的眼睛，第一次看到曲風的家。

是個套間，臥房連著客廳，比她想像中的還要髒，還要亂，到處扔滿煙頭，髒衣服，舊雜誌，空的酒瓶，以及大堆大堆的樂譜。因爲小，也因爲簡單，廳裏的鋼琴顯得無比巨大，不和諧地豪華醒目。琴台上一盆芳香四溢的梔子花，花旁有對拖帶的軟緞舞鞋——這使她感到親切，原來她從沒有離開過他，天鵝湖的日子裏，有她的花香陪伴著他；卻也傷感，再也不必穿鞋子了。

當她在心底裏不住地感慨著的時候，小林大聲地叫出來：「太可怕了，你這裏簡直像個難民營，怎麼也不收拾一下？」一邊說，一邊便彎下腰整理起來，把髒衣服裏在一起扔進洗衣機，雜誌樂譜分放整齊，煙頭酒瓶掃做一堆，並且動手拖起地來，那樣子，就好像回到了自己的家。

天鵝有些悵惘，這些事，是她也想做可是不能做的，小林做起來，卻這樣自然而然，得心應手。

她看著自己的手——兩隻美而無用的翅膀，用來飛是足夠了，做家務？哼，想也不要想。

曲風是被女孩子們服侍慣了的，並不覺得有什麼不妥，顧自打開冰箱開瓶啤酒喝起來，一邊說：「別忘了給天鵝準備住處。」

小林答應著，邊拖地邊問：「明天你有什麼安排？陪我一起帶水兒去公園好不好？」

「行，不過只能在上午。下午我要去阮丹冰家彈琴。」

小林看他一眼，不再說話。曲風有點好奇，問：「你不喜歡丹冰？」

「沒有啊。」小林本能地掩飾，想一想，又覺得不必要，便爽快地承認，「也不只是我不喜歡她，我們一起來的女生都不喜歡她，也不只是不喜歡她一個人，那些女演員都挺招人煩的。每天待在練舞廳裏，松木地板，鋼琴伴奏，四面牆的大鏡子，又是公主又是王子的，天天活在王子夢裏，便個個以為自己是公主了，踮著腳走路慣了，眼睛都看到天上去。」

曲風忍不住笑起來，覺得她維妙維肖，形容得再好沒有。

小林又說：「尤其那個阮丹冰，就更是公主裏的公主，見人從來不打招呼，也不笑，真以為自己是天鵝呢，把別人都當成醜小鴨。」

「丹冰倒不是那樣的人。」曲風為她辯護，「她不是傲，只是單純，不太懂得和人打交道。」

「她救了你的命，你當然這麼說。」小林拖好了地，雙手握在拖把的杆上，下巴拄著手背，想一想，說，「不過，也許我們只是自卑，因爲不能做主角。我們不喜歡丹冰可以做到一切我們做不到的，可以美得那麼趾高氣揚，可以在萬千觀眾的凝視下跳舞……小人物一輩子都沒什麼機會做主角，獨舞名角卻天天都可以引起人們關注……我想我們是嫉妒，一定是的。」

曲風笑了：「你倒是誠實。」

小林也微微笑著，走過來從後面抱住曲風的腰，將頭靠在他背上，在他耳邊輕輕說，「那天在劇院，燈掉下來的時候，我的心都快跳出來了，我以爲你會死……那一幕真可怕，夢裏想起都會嚇醒過來。」

「你做夢常看見我嗎？」曲風逗她，回轉身將她抱在懷中。

她低著頭，用手指在他胸前胡亂地畫著字，茫茫然地說：「一個普通的女孩子，也許只有在戀愛中可以做一回主角吧？只有戀愛可以給她被重視的感覺，戲劇的感覺……」

他抱著她，只是不說話。

她悲哀地想，他就是怕承擔，她已經答應他不向他要永遠了，但是連現在他也不肯完整地給她。即使是在戀愛中，她也不是主角，主角是他，她只是他的配角，無數的配角中的一個，那戲也是過場戲，沒有新意的情節和沒有誠意的對白，對她也許是第一次，對他誰知道是第幾次呢？她跟了他回家，這樣明白地表示，是要把自己完全地交給他了，便是這樣，也不能換回他一句稍微鄭重點的愛的表白。就像一架失衡的天平，一頭已經高高翹起掛了免戰牌，另一頭就是再加多少重量也是這種結果了。戀愛裏沒有永遠，又哪裏有公平。

她深深地悲哀，悲哀地將他越抱越緊，就算一切都是假，至少這個擁抱是真實的，他的身體是真實的，虛幻縹緲的感情裏，也只有這一點兒真可以掌握，可以擁有。

丹冰在一旁看得生氣，小小眼睛瞪得又紅又圓。這個小林，不僅說自己壞話，而且還勾引曲風，真是太可惡了！一時氣不過，衝過去將擱在沙發上的小林的手袋叼起來擲到地上亂啄亂踩，化妝盒鑰匙包頓時滾了一地。

小林驚叫，趕緊跑過去搶救自己的寶貝。

天鵝踱著四方步走開，洋洋得意地一跳跳到沙發上臥下來，睥睨著她，一副居高臨下的樣子。

小林皺眉：「我不喜歡這隻鵝，那麼驕傲，又沒禮貌。」

「我倒不覺得。」曲風哈哈笑，「而且，你對牠也太沒禮貌了，牠可不是鵝，是天鵝。」

「都一樣。」小林說，坐下來整理手袋，順便取出路上買的零食來，撕開一袋薯片，又開了罐可樂來飲，不料，天鵝看見了，又忽地一下跳起，奔過去要搶，小林吃了一驚，可樂掉在地上，她忍不住再次大聲尖叫起來。

曲風兩不相幫，看著小林和天鵝兩個一人一鳥怒目相向，鬥得不亦樂乎，不禁大樂：「你和這隻天鵝，好像八字不合，天生犯剋。」

小林委屈地要求：「曲風，這隻天鵝對我真的很不友好，你可不可以把牠送走？」

「我看不行。這麼晚了，牠又受了傷，你想我把牠送到哪裏去？」他看著小林，知道她再也不會有任何情緒了，倒也不想勉強，「我看不如我送你回去好了。」

「只好這樣了。」小林苦笑，白擔了一個晚上的心，不知道該不該把自己的處女生涯這樣輕易地結束，到了最終，竟是一隻鵝替她做了決定。

臨出門的時候，她一再回頭，看了那隻天鵝一眼又一眼，說：「我看，這隻天鵝不如改個名字，叫天意好了。」

天鵝微一揚頭，做個不屑的表情，冷冷地看著門在小林的身後關上了，立刻跳過去先用嘴將可樂罐子扶正，然後叼根吸管插進去美美地喝起來。

喝一口可樂，又回身吃兩片薯片，吃兩片薯片，又掉過頭喝一口可樂。在劇團的時候，為了保持體型，教練從來不許她們飲用這些含糖份多澱粉的東西，生怕發胖。

現在好了，再不用考慮減肥問題了，終於可以放心大膽地大吃大喝，想不到，做一隻天鵝竟有這樣的便利，倒是意外之喜。

一瞥間忽然發現沙發角上倒著一管口紅，是小林丟下的吧？提起「腳」來「撲」地將它撥至一旁，用力啄兩下，便又回頭一心一意地對付起那罐可樂來。

曲風送了小林回來，推開門，正看到天鵝將頭拱進零食袋努力叼取最後幾片薯片的情形，又發現空著的可樂罐子裏插著根吸管，不禁目瞪口呆。乖乖，這隻天鵝要吃薯片喝可樂！還會用吸管！

他大笑起來：「我看，你不該叫天意，倒是該叫天才！」

月亮升起來，月光透過窗櫺灑在空地上，如水。

天鵝丹冰浴在皎潔的月光中，想起雲南阿細人常跳的一種三步舞「阿波比」，拍三下轉一圈，很美，很活潑，因爲彝人專門在月亮升起的時候舉行舞會，所以這種舞又叫「阿細跳月」。它和維麗絲女鬼們的舞蹈相反，代表的是快樂和熱情。

此時的丹冰重新回到曲風身邊，心裏充滿了月光般寧靜的快樂。她拍動翅膀，在月光裏飛飛轉轉地跳了一會兒阿波比舞，然後停下來，望著沉睡的曲風出神。

曲風發出微微的鼾聲，還不時吧嗒一下嘴，像個孩子。

丹冰在心裏笑了笑，很想偷偷親他一下，可是看見自己尖尖的喙，只得停住了。

這就是天鵝和人的不同了——不用鏡子就可以看到嘴，多麼突兀。

相同的，是一樣的緘默。

不能把愛告訴自己深愛的那個人的痛苦，在做人的時候已經體會得很深刻了，沒想到做了天鵝，只有更加傷心。

只不過，做人的時候，是爲了驕傲不肯說；如今做了天鵝，縱然想說，卻又不能說了。

然而不說，不等於不愛。永恆的矛盾與痛苦。

她垂下翅膀，初升的快樂如煙散去，取而代之的是濃濃的無奈和感傷。

她又想起「天鵝湖」的傳說來，中了魔法的天鵝公主奧傑塔不能在白天現身，於是黑天鵝奧吉妮婭冒名頂替去參加了王子的訂婚舞會，並引誘王子當眾宣佈要娶她爲妻。小林，便是那隻可惡的黑天鵝！

魔法裏說，「只有從未許給別人的，忠貞不移的愛情，才能解除奧傑塔的魔法，讓她重新變回人形。」如果向曲風表白自己的愛，並能爲他所接受，自己可以回到原身嗎？可是，她該怎麼告訴曲風自己的真實身分呢？

月光下，梔子花的香氣寧靜幽遠。

丹冰天鵝銜著一管口紅在牆上慢慢地拖，慢慢地拖，想寫一行字來表白身分。她畢竟是人哦，雖然不能說話，可是還記得寫字。

紅的胭脂在白的牆上劃過，觸目驚心。因爲用嘴終究不像用手那麼方便，那些字跡都又大又笨。先寫一個「我」字，筆劃太繁複，不等寫完已經力盡，要停下來呼呼喘息。

她是一隻受傷的天鵝，體力尙未恢復，何況，對一隻天鵝來說，寫字，實在是件辛苦的事情，因爲逾份。

停了一會兒繼續，費盡力氣，寫了個「是」字，也很繁複，於是又喘息片刻，再寫「阮」——剛剛畫了個耳旁，唇膏已經磨禿用磬。

她氣餒，看著牆上不成樣子的字，索性一頓亂啄，讓它更加毀於無形。反正已經不懂了，不如更不懂些。

毀滅罪跡，又有些得意，這是那衰女小林留下的口紅呀，這樣子把它幹掉了，多痛快。

曲風起床時，看到一牆的狼藉，不禁失笑，問天鵝：「是你幹的？」不能置信。

天鵝歪著小小的頭，用一雙又黑又圓的眼睛看著他。

他忍不住擁抱她：「你可真是隻特別的天鵝。」

丹冰臉紅了，輕輕掙脫他的懷抱，喂喂，人家是少女哪，怎麼能隨便摟摟抱抱的。

紅暈藏在羽毛下，看不出。

他站起來，沒漱口沒洗臉，先倒一杯酒。欲飲，她卻又不滿了，上前來使力用翅膀拍打他的腿。他笑起來：「你隻天鵝，還管我喝酒？」卻終是放下了，踢踢拖拖地進了洗手間，連門也不關。

她又臉紅起來。這個曲風，真是個邋遢鬼。如果不是做了天鵝，怕一輩子看不到他這副樣子，也聽不到他的鼾聲。這樣想，做天鵝也不錯。

他出來時，她又向他討薯片，可口可樂，不能說話，叼著他的褲角拚命向牆角處拽，對著那些可樂罐子包裝袋不住點頭示意。

他懂了，卻並不出去，只打個電話指揮：「小林，你今天過不過來？過來的時候幫我買點可樂和薯片……不，不是我吃，是天鵝……你不信？信不信都好，記著買就行了。」

放下電話，習慣性地坐到鋼琴前，彈段曲子慶祝新的一天的開始——只要活著，每一天都是值得慶祝的。

——彈的是「胡桃鉗」中的「小雪花舞」，柴可夫斯基作曲，輕快的調子在屋子裏蹦蹦跳跳，同陽光中的飛塵嬉戲調情，如溪流飛濺，一路噴珠唾玉，姿態萬千。

丹冰仰起頭貪婪地聽著，久違了曲風的琴聲！她忍不住翩然起舞，足尖一點一點，雙翅忽張忽合，踩著曲調進退有度，輕靈曼妙。

曲風看得呆住了，眼中有一抹專注的深思，自言自語：「你的舞蹈，讓我想起一個人呢。」

她停下來，看著他。

他說：「你跳舞的樣子，真像阮丹冰！」

第七章

胡桃鉗

我熱愛芭蕾，熱愛每一隻舞。

「仙女」、「睡美人」、「舞姬」、「葛蓓莉亞」、「火鳥」、「奧賽羅」、「胡桃鉗」，當然，還有我摯愛的「天鵝湖」……光聽名字已經叫我心醉。

那些個芭蕾大師，福金，貝雅，烏蘭諾娃，巴輔洛娃，諾維爾，古雪夫，塔里奧尼……每一位都是我的偶像。

我以他們的名字自勉，而以你的名字誓志。

你的名字，哦你的名字，多少次我在風中念起你的名字，於是風也變得輕柔宛轉。

風裏有我的呼喚，我的心，你聽到嗎？

——摘自阮丹冰《天鵝寄羽》

屋子很靜，靜得可以聽見天使的心跳。

彈奏是早已停止了的，可是餘音還在，一遍遍繞樑不絕。

屋子太靜了。陽光忽啦啦地撲進來，夏日的風暖而微醺，有種喧囂的氣味，急急地湧進窗子，梔子花在歎息，拖著長帶子的舞鞋躍躍欲試。

萬物都在等待，等待一個秘密被揭曉。

曲風和天鵝相對凝望，眼光穿透了時間和空間，穿透生靈各自不同的裝裹而直指生命的本質。一隻長羽毛的天鵝，和一個穿羽衣的阮丹冰，到底有多少相似，又有什麼不同呢？

生與死有什麼不同？只要真愛永恆。

曲風覺得自己被一種神秘的力量懾住了，心底裏有種沉睡的意識被悄悄喚醒，卻一時不能明瞭，他遲疑地開口，聲音很輕，似乎怕驚動了什麼，他說：「你跳舞的樣子，真像阮丹冰……」

門在這個時候被推開了，小林的聲音傳來：「曲風，我昨天把口紅落在這兒了，你有沒有看見……」

話未說完，已經看到牆上的紅印和掉落在牆角的磨禿的口紅。

鐵證如山。她怒視曲風：「爲什麼這麼糟蹋我的東西？」

曲風笑：「不是我幹的，是天鵝。」

「你胡說。」小林半點也不相信，她看看曲風，又看看天鵝——丹冰正因爲她打斷了自己與曲風的心意交流而怒目相向。而曲風只是嘻嘻笑著，不解釋，不道歉。

小林的眼淚一下子湧了上來：「你不喜歡我，明說好了，幹嘛這樣欺負人？」

她哭著跑了。

屋子重新靜下來，可是剛才的神秘感覺已經蕩然無存。陽光重新變得慵懶散漫，風有一陣沒一陣的，梔子花和舞鞋都寂寞，鋼琴蓋子打開著，卻沒有音樂——音樂那樣生動，製造音樂的琴鍵卻冰涼冷硬。

天鵝踱到窗邊望出去，看到小林匆匆跑遠的背影，再回頭看看站在冰箱前的曲風，他拉開冰箱門又合上，似乎在猶豫要不要一大早起來就喝酒。

丹冰忽然後悔起來。她想起了「生前」的自己。一樣是癡心而脆弱的女孩子呀，相煎何太急？況且，小林其實也不錯呀，至少，她可以照顧曲風。

自己得不到的，不等於不希望人家得到。

她走到電話機前，看到上面淡藍色的一小條來電顯示，忽然有了主意。

小林茫茫然地走在路上，兩隻手攥成一團頂在胸前，彷彿那裏洞開了一個傷口，有鮮血在汩汩湧出。

無可解釋的失敗，無可安慰的疼。

她覺得羞恥，覺得壓抑，鬱悶得無以復加，不知道要用什麼辦法來欺哄自己。

上海弄堂裏的女孩子都是天生的撒謊精，從早到晚幾乎一開口就要說點兒無害的小謊，真實是真實世界裏不可碰觸的核兒，謊言才是日常生活的真相。

然而這一回，幾乎已經沒有一點點轉圜的餘地，自欺尚不可以，況且欺人？

只是，她做錯了什麼呢？不過是愛上了一個不肯回報愛情的男人。就因爲這一點，他就有權這樣不遺餘力地傷害自己嗎？

錯愛已經令人難堪，如果這份錯誤將由眾人評判就更加難堪。

到了明天，劇團裏每個人都會發覺她和曲風的忽然疏遠，沒有人願意相信是她決定放棄他，而只會議論她敗給了他。太不堪！也太不甘了！

一個女孩子的虛榮心有多麼強大，她的自尊心也就有多麼脆弱。脆弱得不堪一擊。

那些生於貧困一文不名的窮人大多會習慣於安天樂命，但是曾經富過卻一夜赤貧的人卻會選擇自殺。愛情也是一樣的。爲失戀自殺的女人比一輩子沒拍拖的老處女還多。

擁有了再失去，不如從未有過。更何況，還要把這份失落展示人前。

上樓的時候，小林的心思已經由受傷的深度轉到了調離的難度上，咬住了嘴唇在想，要不要想辦法離開劇團，另找一個實習單位，再不見曲風也罷。可是，該怎樣迅速調離呢？

手剛按到門鈴上，聽到屋裏的電話鈴一起響起來。

是母親開的門，一邊嘮叨：「你回來了，剛好，去接個電話，響了幾次了，老不見有人說話……這一上午忙的，這電話還搗亂。外面熱嗎，看你一頭的汗……」問著，卻並不等女兒回答，又扎撒著兩手轉回廚房裏去了。

小林沒有脫鞋就走進去接電話，果然對面是一片空寂。她想也許是有人惡作劇，便也賭氣不說話，無精打采地把自己窩在沙發裏，踢了鞋子，看著屋子裏的擺設——早就想搬家了，厭透了每次回家都要低頭穿過狹長的弄堂和弄堂裏人的眼睛——舊舊小小的沙發，舊舊小小的茶几，小小的電視櫃上立著小小的花瓶，裏面插著細細粒粒的塑膠花。有時候小並不是可愛，而只是一種寒酸，乾淨的簡單的一種寒酸，這也是上海弄堂家庭的共性，越是虛榮就越寒酸，單薄的驕傲與強悍。

上海有地鐵，也有有軌電車，上海是不可重複的城市，可是上海的弄堂家庭卻是重複得可怕。所以弄堂的女孩子們都急著嫁，急著生活的改變，哪怕是從這條弄堂嫁到那條弄堂裏罷，至少也有一點點改變。

她們大多不會嫁得很差，不會比自己家裏更差。但是當然也好不到什麼地方去，弄堂裏的天空和道路一樣的狹窄，再高的天空也是狹窄。她們能看到的世面也就那麼多，能遇到的人也就那麼多，能抓住的更少。

姐姐嫁得也還好，姐夫在銀行做事，在浦東分了宿舍，不用再住弄堂房子了，兩夫妻薪水都合意，算是小康，可是孩子又得了治不好的病……

母親從廚房裏伸出頭來說：「是不是又沒人講話？我就說，好幾回了，響了接接了響的，可就是沒人應。」

小林好奇起來，按鍵查看來電顯示，那號碼再熟悉不過，是曲風的！曲風？他怎麼會給自己打電話？

彷彿有一陣風吹過來，她的表情忽然生動起來，人是靜的，然而心跳加了速。天剛剛熱起來，百葉窗已經早早掛上了，將她的臉映得陰一格亮一格。她坐在那明明暗暗的窗影裏，有種恍惚的幽豔。然而漸漸的，一篷一篷的喜悅升上來，升上來，她開始想明白曲風的電話，他是後悔了，示弱了，要道歉，卻又不知道從何說起。他那個脾氣，就像個任性要強的大孩子，明知道錯了，也想改，也想低頭，可就是不願意開口說出來，所以才要百般暗示，欲言又止。他是通過這種無言的方式在向她說對不起呢，打了多少遍電話，就是求了多少遍饒，是真心誠意的，這種沉默比說「對不起」真誠多著呢。

母親又伸出頭來：「你過來幫我把這圍裙緊一緊……對，就是這樣。再把我袖子挽一挽……忙了一上午，都騰不出手來，你姐姐姐夫晚上要過來吃飯……」她沒有注意到女兒的恍惚和心不在焉，只是嘮叨著，「你昨天是不是說過要帶水兒去公園玩？她打電話來問呢，我說你出去了，怎麼這麼快回來……我買了西瓜在冰箱裏，你要吃就自己切……」

電話鈴又響起來，打斷母親的嘮叨。小林飛奔地過去，不急著接，先看清楚來電顯示，果然還是曲風。

她提起話筒，把聲音放得溫柔：「喂？」

仍然沒有回答。

「是你嗎？曲風。」

這一聲「是你嗎」可謂銷魂，然而對方又「卡」一聲掛了。他用了這樣含蓄的方式表白了他對自己的感情和尊重，一次又一次地試探，看自己有沒有原諒他。

母親還在念叨：「你姐姐說水兒最近又不大好呢，醫生說要是再發病，只怕危險。這孩子真可憐，你要有時間，還是多陪陪她，也不知道還能逛幾次公園……」

小林已經聽不到，她握著聽筒，滿滿的喜悅與溫情，曲風是在乎她的，曲風在等待她的原諒，這使她感到一種新生般的快樂。

是的，她原諒他了，不生他的氣了，她要讓他知道，自己是個溫柔的大度的勇於原諒的女子。這樣的女子，不正是他的理想嗎？

她提起話筒，勇敢地按了「確定」，然後「撥出」……

接電話的是曲風本人。他聽到小林溫柔地問：「水兒很想看天鵝，我可以帶她來嗎？」

他有些驚訝，她剛才不是生氣了嗎？這麼快氣就消了？他也有點感動，這樣委曲求全的女孩子，自己怎麼忍心一再傷害她呢？

於是，他的聲音裏也有了難得的溫柔：「當然，我隨時歡迎。」

爲了獎勵小林的大度，他甚至撥了個電話到丹冰家，委婉地向奶奶道歉，說自己今天下午另有安排，改天再去給丹冰彈琴。

當曲風那聲「奶奶」呼出的時候，丹冰幾乎要跳起來，哦奶奶，奶奶！她有多久沒有見到奶奶了？奶奶還好嗎？自己的災難，帶給了她怎樣的傷心啊?!什麼時候，才能再重新見到奶奶呢？

另一面，她看到曲風難得有心要打掃客廳，也有些百感交集。她知道她的計畫成功了，兩面接電話的人，都不會想到是一隻天鵝撥了那些無聲的電話。於是，一個順利地找到理由原諒了對方的無理從而也就原諒了自己的失敗；另一個則驚奇於對方的寬容從而也加倍地報以寬容。但是，當她借一個電話重新聯繫起兩人的情感時，她自己的情感卻被冷落了。這是怎樣的一筆帳？

好在曲風並沒有忘記天鵝，他興致勃勃地低下頭對丹冰說：「帶你去公園，好吧？小林把她外甥女兒誇得天上有地下無的，我們來看看，到底有多漂亮。」

的確讓人驚豔。小林沒有誇張，水兒果然是個出奇美麗的女孩子。

那精緻的眉眼，那流動的眼波，一個十二歲的小女孩可以有多麼美麗，水兒就有多麼美麗。美得無懈可擊，美得令人眩目。

曲風在看到她第一眼時，幾乎呆住了，不能錯目，喃喃著：「什麼叫天生尤物，我今天算見識了。」

可是，那樣逾份的美麗是要遭天譴的吧？太完美了，完美得不真實，以至於眉梢眼角，都有一種「每到紅時便成灰」的隱隱的寒意，是秋天的楓葉，是黃昏的落日，嬌弱得讓人心疼，而又豔麗得讓人心悸。

想到這樣美麗的一個女孩子，竟是身患絕症，將不久於人世時，曲風一陣惻然，幾乎要詛咒上天的不公了。從這女孩美豔得過分的臉上，他幾乎可以清清楚楚地讀出四個字：紅顏薄命。

丹冰和他心意相通，也對這同病相憐的女孩充滿憐惜，忍不住上前倚著她挨挨蹭蹭，流露出無限溫存。

女孩大喜，蒼白的小臉上露出一絲難得的笑容，撫摸著天鵝受傷處的羽毛輕輕說：「好可憐的天鵝！」

「好可憐的水兒！」丹冰在心裏說，張開翅膀，輕輕擁抱女孩。

小林看著一人一鵝那樣親熱地互相拍撫，蔚爲奇觀。她想不通，這天鵝似乎對每個人都友好和善，爲何獨獨見了她卻像有世仇一般，處處爲敵？

她對著天鵝拍拍手：「過來，讓我抱抱你。」

不料天鵝一扭身，竟將尾巴對準了她。然後將頭埋進果凍盒子裏狂吮。

小林又惱又笑，說：「唏，這樣貪吃又嗜甜，沒多久就變成一隻肥鵝。」

曲風替她回答：「天鵝又不是舞蹈演員，要那麼苗條幹什麼？」

嘿，真是心聲，天鵝更加據案大嚼，肆無忌憚。

小林揮揮臂恐嚇她：「你聽沒聽過焚琴煮鶴這個詞？」

曲風笑：「這可不行，我這裏什麼東西都可以不要，只有兩樣寶貝，一個是我的鋼琴，一個就是這隻天鵝！」

天鵝大喜，「嘎」地笑出聲來，鵝仗人勢，狐假虎威。

小林做鬼臉：「笑得這麼難聽！」又故意左右打量她，做出思考狀，「拔光這些毛，做一個羽毛枕頭大概夠了。要是有多餘的，還可以再做一柄鵝毛扇。」

然而終於也鬥得累了，遂改變策略，試圖賄賂，「如果你肯乖一點，別這麼搗蛋，我天天買可樂給你。」

天鵝洋洋不屑，才不稀罕呢，一罐可樂就想收買友誼，太廉價了。何況，那些可樂薯片是曲風要她買的，她敢不買！

小林又說：「你是不是喜歡玩口紅？我有好多舊的化妝品，都送給你。」

「等下要帶水兒去公園，你也一起去吧？」

「你聽得懂人話，要不，我給你讀報好不好？」

這小女子的想法極其燦爛。天鵝咧開嘴笑，伸長脖子「嘎嘎」地叫。

曲風帶水兒進屋找童話書，出來聽見，搖搖頭：「這是你在笑嗎？多難聽的聲音。」

一連兩次被人說「難聽」，丹冰有些氣餒，過去，自己的嗓音雖然不見得有多麼鶯聲燕語，至少也稱得上悅耳，哪會像現在這樣，三番兩次遭人嘲笑。不禁暗暗出神，想念自己的肉身。但是身為一隻鳥，連深思也沒那麼沉重，想不多久，便又掉頭去對付那包巧克力了。

小林悻悻然：「從來沒見過有人養一隻天鵝做寵物。」

曲風正色：「牠可不是寵物，牠是……朋友。」

天鵝立刻淚盈於睫。曲風的確有真正愛心和靈性，懂得尊重生命，眾生平等。她發現自己更加愛他，永不後悔曾為他奮不顧身。

童話書沒有找到，水兒軟軟地央求曲風講故事。曲風撓頭：「講故事？講個什麼故事呢？」

天鵝又輕輕跳起「小雪花舞」來，曲風靈機一動，想起來：「我給你彈段曲子吧，邊彈邊講。」他打開琴蓋，彈起「胡桃鉗」來，說：「這是一份聖誕禮物——提前送給你的聖誕禮物。」

水兒不懂，看著小林。小林亦是不懂。

曲風解釋：「這是一個童話故事，主人公是個漂亮可愛的小女孩，名字叫水兒……」

水兒叫起來：「和我一樣。」

曲風微笑：「對，和你一樣。故事發生的年代並不久遠，也許，就在昨天，或者明天，有一點是肯定的，那天是聖誕夜，許多小朋友簇擁在一棵燦爛的聖誕樹下拆禮物，水兒得到的禮物最爲奇怪，是一個很醜陋的胡桃鉗。小朋友們都笑話她，可是她自己很珍惜，因爲所有的禮物都代表善意和友好……」

那的確是一份美麗的禮物——曲風一邊輕輕彈奏，一邊緩緩地講述，而在他講述的過程中，天鵝一直在跳舞。潔白的羽毛上還帶著點點血跡，像漫天大雪中的瓣瓣梅花，撲朔翻飛，飄忽迷離。

水兒屏神靜氣，目奪神馳，忍不住慢慢走上前，同天鵝一起翩然起舞。憔悴的病容因爲興奮和舞蹈而染上片片紅暈，嬌豔欲滴。她的舞蹈很笨拙，只是簡單地張臂，轉圈，有點趔趄，是那種很少運動的人的樣子。

丹冰有些歎息，這女孩十二歲，她的年齡剛好和自己的舞齡相當。自己的十二歲，已經可以腳尖點地打十幾二十個鏇子不換氣。

曲風的故事和琴聲一起延續著：「水兒接受了這份奇怪的禮物，她喜歡這只胡桃鉗，晚上睡覺的時候也要把它抱在胸前。月亮升起來的時候，胡桃鉗打開了，現出一個很美的仙境來，有鮮花，有天鵝，有美麗的湖泊倒映著藍天白雲……」

「還有琴聲和曲叔叔！」水兒插話。

曲風笑：「是，還有琴聲和曲叔叔，曲叔叔彈著琴，天鵝和水兒在跳舞。這時候，瘋狂老鼠出現了，牠們要破壞這份美麗和安寧……」

水兒停下來，說：「哎呀！」

曲風沒有理會，接著講下去：「水兒的舞蹈被打斷了，她說：『哎呀。』胡桃鉗說：『不用怕。』他指揮玩具兵和老鼠國打架，大獲全勝。然後胡桃鉗就變成了一個英俊的王子……」

水兒笑了：「變成了曲叔叔。」

曲風也笑：「……胡桃王子拉著水兒的手一起漫遊糖果王國，受到仙女的歡迎，在仙女棒的揮動下，王國裏所有的糖果都活了過來，變成巧克力人，冰糖葫蘆人，棒棒糖人，棉花糖人，水果糖人，花生糖人，蝦酥糖人，大白兔奶糖人……」

「還有跳跳糖人！」

「……還有跳跳糖人。這許多的糖人歡笑著醒來，好像睡了一百年那麼長，因爲是水兒使它們醒來，它們非常開心，非常感謝水兒，都紛紛過來對她敬禮，邀請她參加它們的輪舞。水兒和糖果人兒們一起唱歌跳舞，連空氣也變得快樂而甜蜜……」

故事講完了，水兒停下舞蹈，凝視著曲風渴望地問：「是真的嗎？真有那樣一個甜蜜的仙境嗎？」

「有啊，就像現在這樣。」曲風仍然彈著琴，用眼光示意一下天鵝。

天鵝已經收攏了翅膀，正安詳地倚在水兒身邊。當她高高地揚起頭，就剛好和水兒一樣高。水兒擁抱著她，臉上仍然紅紅的，眼睛閃閃發亮，這可憐的孩子，已經很久沒有這樣開心過了。

小林激動地鼓起掌來，對天鵝說：「以後，我再也不跟你做對了！我要給你買很多的可樂獎勵你。」

水兒奇怪：「天鵝也會喝可樂嗎？」

小林便要天鵝表演給她看，天鵝又不悅起來，她是一個舞蹈演員，跳舞是本職，可是表演喝可樂吃薯片？哼，不知這女子的空腦殼裏想些什麼！

曲風攔阻：「小林，你總是把牠當成一隻普通的鳥對待！」

「可牠本來就是一隻鳥嘛。」

「我可不這樣想，我跟你說過，我當牠是朋友。小林，我希望你能夠尊重我的朋友。」

小林微微發愣，她很少見到曲風這樣認真地說話，爲了一隻鵝。

水兒仍然沉浸在童話故事裏，輕輕地說：「我好想也有那樣一隻胡桃鉗呀。」

曲風望著她的眼睛：「當你閉上眼睛聽音樂，靜靜地欣賞，靜靜地想，想像你已經有了那樣一隻神奇的胡桃鉗，那麼，在今晚的夢裏，你就會真的擁有它。」

「你保證嗎？」水兒也望著曲風的眼睛問。

「我保證。」曲風答。

一種奇特的友誼在他們之間迅速地產生。小林動容地看著，這流麗的樂曲，這優美的天鵝的舞蹈，曲風的真誠和水兒閃亮的眼睛，她心裏忽然浮起一種寧靜的宗教般聖潔的情緒，被這一幕深深地感動了……

第八章

綠傘

聽雨的夜裏我想起你。

你的琴聲和雨聲一樣，都是天籟。

下雨的時候，你總是不記得帶傘，可是卻知道到琴房角落裏去找。找到了，就說：「哈，原來我的傘在這兒！」你不知道，那並不是你的傘，是我新買了放進去的。

我每次都買一樣的傘，暗綠的綢面，像樹汁在雨中化開。當你擎著傘走在雨裏，就彷彿走在樹下。

佛經故事裏，阿難說：我願化身石橋，受那五百年日曬，五百年風吹，五百年雨淋，只求她在橋上走過。

而我，我只想化作一把綠傘，為你遮一時風雨。

——摘自阮丹冰《天鵝寄羽》

曲風有一天打開家裏的壁櫥，發現那裏面竟有十多把傘，全都是一樣的，暗綠的綢面，像化開的樹汁。

他想不起自己什麼時候買了這樣多的傘，但是，總是自己買的吧？可能忘了，每次下雨就會想到買傘，買了往櫥櫃裏一擱又忘了。

他釋然了，以爲找到很好的解釋，卻沒有再往深裏想怎麼會那麼巧，每次都買到一樣的傘。他天生就是善忘的，對萬事馬馬虎虎。如果他是一個會爲這種小事動腦筋想清楚的人，也許就不會有那些傘了。

綠色的傘，總有十幾把，都撐開來，可以蓋住整個屋子了。

古代才子佳人的故事裏總是少不了傘：西子湖畔，白娘子遇許仙，靠借傘結下姻緣；梁山伯祝英台十八相送，也曾共擎黃紙傘；還有聊齋裏御傘飛行的女鬼……都香豔淒迷，如飛花弱絮，飄零在雨中。

傳說裏，每一柄傘下都遮著一個還陽的冤魂，容她們在陰氣重的雨天到人間走一回，懷舊或者尋人。

這一把綠傘，此刻遮著曲風和小林。

小林挽著曲風的胳膊，雨氣將衣服濕濕地貼在臂上，兩人的體溫彼此清晰地感知，融合，漸漸分不清。偶爾錯開手時，一陣冷風吹過，胳膊上涼嗖嗖地，好像失了什麼般空落。

傘下的世界這樣小，使人特別容易產生人在天涯相濡以沫的感傷，帶著淒清意味的淡淡喜悅，清歡如茶。忽然就老了，滄桑了，把一切都看開看徹，越是惋惜過去的抓不住的時光，越是要珍重眼前的僅有的溫暖。

可是小林的心，卻只是覺得冷，無邊無際的冷，無邊無際得就像這沒有盡頭的雨季。

身邊的這個人，不肯給她溫暖。

他們走在雨裏，走在彼此的體溫和各自的冷漠裏，身體緊緊地挨著，兩個人的心卻隔得如此遙遠。

小林先沉不住氣，打破僵局說：「不是我說的，是水兒。」

曲風答：「我並沒有責怪你的意思，不過，我一向怕見人家家長，況且，也不知道該用什麼身分去見，不知道該說什麼，該擺個什麼態度……」

小林咬著嘴唇，眼淚都要出來了。這段日子，水兒每天都要提起曲叔叔和天鵝，曲叔叔長曲叔叔短地沒停過，終於說得所有人都好奇起來，追著問這曲叔叔是誰。小林憋不住，把自己同曲風的交往合盤托出，林媽媽立刻上了心，便提出要請曲風來家吃飯。可是自己剛剛提了個頭，曲風已經一百個拒絕，還絕情地說「不知道用什麼身分去見」，什麼身分？他根本否認他是自己的男朋友。

本來是歡歡喜喜約了來看電影的——市面上嘈吵了太久的「大話西游之月光寶盒」，小林早就聽說了，也知道「你媽貴姓」和「給個理由先」的經典對白，可是始終沒看到片子，同學們都說，這種電影是要和心上人一起欣賞的，在大笑中起個催情的作用——結果情是催了，可不是柔情，是傷情——根本整個後半場講些什麼小林完全沒有聽到。她的心裏，只反反覆覆想著一件事：他不承認她，不承認他們的感情，不承認戀愛關係。那麼，他們之間算什麼呢？她算什麼呢？

不等到電影散場，她就提出要回家。出了場，卻又怕回家了，怕就此把剛剛建立起來的一點點歡情給沖淡了，總希望他再說點什麼，留個好的結尾，留個相見的餘地。這樣散了算什麼呢？明天見面要不要再在一起吃午飯，向所有人表演恩愛呢？

在一起，又顯得怪；不在一起，又怕那干女孩子們起疑心。要是沒有那些雙眼睛盯著還好，可是人是活在人群中的。這該死的實習期，什麼時候才能完呢？自己簡直就爲了這實習期活著的，他們的交往，也是爲了這實習期延續著的，延續得這樣委屈。

小林低著頭，想起姐夫第一次來家吃飯的情形——因是頭次登門，太急於討好了，想要討好每個人，聖誕老人一樣地分禮物，人人有份。可是錢太緊，如果只買一份大禮是登樣的，分散了來就都顯得寒酸，他自己也知道，所以分禮物的時候十分羞窘，不敢直視受禮人的眼睛，賠著笑臉一次次說「不成敬意」，聲音有那麼一種乞憐的味道，送了東西給人倒還像向人討錢似的——事後，小林不知道對著姐姐笑了多久，現在想起來卻覺得羨慕，姐夫的種種緊張是因爲在乎，他太在乎姐姐了，太在乎她的家人了，所以才會那般無措。

曲風卻是灑脫，從容自若地可惡。他當然從容，因為不在乎。他根本懶得應酬她的家人，「不知道用什麼身分去見」，徹頭徹尾乾淨俐落的一種否定。

雨水在傘的邊緣跳開，濺落，不知疲倦地重複著這一過程。

小林看著水從傘緣流下來，就好像傘在流下綠色的淚。這傘的顏色太綠了，總讓人疑心會掉色。她伸出手去接住一滴水，透明的，是她多慮了。

但在這時候，她看到又一滴水落在胸前的衣襟上，是傘下，所以不是雨滴，是自己的淚。

她起了恐慌，怕這淚被曲風看到，曲風是不喜歡擔責任的，如果他看到自己流淚，會覺得不勝煩惱而急於脫身，那麼他們就真的完了。

如果她想他認真，就非得做出對他不夠認真的樣子來——這道理她懂，只是做起來太難。

她急急地轉身拭淚，可是曲風已經看到了，果然便有幾分煩惱，耐著性子問：「怎麼哭了？」

「看電影看的。」小林答，強顏作笑，「同學說每個人看『月光寶盒』都會大哭一場，我還不信……」

曲風輕描淡寫地說：「改天借光碟回來再看一遍好了。」

改天，曲風果然買了「月光寶盒」的碟片回來，可是沒有邀請小林。

小林回家對母親說曲風已經答應來吃飯，可是最近團裏事忙，時間要往後拖一拖。她不肯說實話，不只是騙家人，也是騙自己——她願意相信自己說的是真的。曲風會來家裏吃飯的，只是時間略微延後罷了。

男人和女人之間，要麼情，要麼欲，總得有一樣往前走，不然多半不長久。小林覺得自己和曲風的路就快山窮水盡，又回到了最初的情形——若即若離，不尷不尬。

若不是有水兒這個小天使做擋箭牌，也許他們早就完了。

是因了水兒，才找到藉口繼續同曲風在一起的——曲風在水兒面前，一改他大男人的粗豪散漫，變得細心而溫柔，予取予求，百依百順，對女孩所有的願望都給予滿足。

小林真希望自己也可以擁有那樣的影響力。

但是另一面，曲風和水兒的過多接近，讓她在慶幸之餘，又隱隱覺得不安——他從不把天鵝單純地看成是一隻鳥，也不把水兒當作小女孩，對她說話時，態度溫存鄭重，完全像對待一個有思想有品味的成熟女子。

他買給她的禮物，從來不是巧克力糖洋娃娃那些小兒科，而是成套的郵票，水晶花瓶，各色緞帶，水晶鞋，以及仙德瑞拉大攞裙，將她打扮得似一位公主。

有一天小林凝視外甥女兒，忽然發現她絕似一個人：那驕傲的天鵝公主阮丹冰。

曲風在不知不覺地將水兒扮作阮丹冰。

小林因此考慮自己是否也有必要改變穿衣品味和化妝風格，試著購過幾次新衣，但是左右扮不像。

丹冰穿得再簡單，也還是豪華；小林打扮得再隆重，也仍然寒素。

華麗的不是衣衫，是人的眼光。

丹冰在精神上佔據著絕對的主宰地位，壓倒一切的優勢。當她在舞台上，一襲羽衣，飄搖曼舞，不發一言就可以吸引所有的目光，成爲絕對焦點。她站在高高的舞台上，舞得那樣輕盈而自我，遺世獨立，目無下塵，彷彿舞台就是整個世界，而她就是世界的中心，腳尖點到哪裏，追影燈也照到哪裏，就好像她自身會發光似的——那樣沉默而轟動，肅豔而眩暈，妖魅似的魔力四射，讓人喘不過氣來的清華寂豔。

小林儘管不情願，最終也只得承認，丹冰是美的，獨一無二，不可模仿。

然而猜疑歸猜疑，小林和曲風和水兒和天鵝，畢竟在一起度過了無數個溫馨的晴雨黃昏：下雨的時候，一起坐在客廳聽音樂；天晴，就去公園釣魚。

水兒不能做太劇烈的運動，可是喜歡太陽，喜歡花，喜歡純淨的空氣和草地、湖水。也許是她知道這一切對她都不久長，所以格外渴望。她的眸子裏，總是露出那樣驚喜珍愛的神情，令曲風憐惜不已。

小林說：「看著水兒，讓人覺得生命太過脆弱，不堪一擊；可是看著水兒，又覺得生命實在可貴，應該好好把握，珍惜眼前。」

曲風忙碌地給魚鉤上餌，不說話。

小林又說：「前幾天，你不是說住宅管委會又找你了嗎？你打算把那隻天鵝怎麼辦？送動物園還是正式領養？也不知道允不允許家養天鵝做寵物……」

曲風皺了皺眉，欲言又止，小林已經心照，趕緊說，「我知道，你肯定又要說了，天鵝不是寵物是朋友，可別人不這樣想啊，畢竟，牠是一隻鳥，不是人；再說，就算是人，也得辦暫住證兒呢，不能這麼著就住下了呀。」

「我說過等牠傷養好了要放飛的。」曲風終於說話了，「可你看牠跟水兒玩得多開心，我捨得放，水兒捨得嗎？」

「你對水兒比對我好多了。」小林幽幽地說。

曲風看她一眼，將釣杆用力地甩出去。

小林又說：「你對天鵝也比對我好。」

曲風看著魚鉤，答非所問：「這湖，怎麼看都不像莫內的荷花池。」

小林不間斷地，接著說：「你對阮丹冰……」

曲風忽然打斷她：「我對丹冰可沒有對你好。」他從不曾與她約會，也沒有陪她釣過魚。

小林搖頭，慢吞吞地說：「如果變成植物人的是我，你會那樣不知疲倦地彈琴給我聽嗎？」

曲風看著波光粼粼的湖面，看著湖上亭亭的荷葉和打著苞兒的荷花箭，許久，一字一句地說：「她是爲我變成植物人的。」

小林忽地噤聲。

同爲女子，小林約略猜得出丹冰對曲風的不同尋常的感情。沒有一個人可以那樣奮不顧身地救人，除非，她把那個人的性命看得比自己還重。

可是，她不敢把這層意思說破給曲風，怕他從此更放不下丹冰。同時，她亦不能自知，如果當時在舞台上、在曲風身邊的人是她，大燈掉下來的時候，她會不會有勇氣撲上去、捨己救人。

她愛曲風，希望可以同他一起生活。「一起生活」的意思就是把她的一「生」和他的一「生」綁在「一起」，但前提是「活」著。如果面對死亡，她還要和他分享嗎？

她想自己沒有那份勇氣。

可是丹冰有。

丹冰爲了曲風而喪命。

生與死是上帝的事情，而丹冰竟與上帝抗衡，用自己的生命與上帝做交易，交換曲風的命。

如果不是愛，小林想不出還有什麼可以使一個柔弱的女子擁有這樣的勇氣。

曲風沒有親人，最愛他的人就是自己了；比自己更愛曲風的，大概只有上帝；而比上帝更愛曲風的，是阮丹冰！

湖邊，水兒在給天鵝洗澡，引來無數小朋友圍觀。「噫，天鵝哎，真的天鵝！」「她有一隻天鵝！」「媽媽，我也要，我要那隻天鵝！」

她們擁上來問水兒：「這隻天鵝是你家的嗎？」「她聽你話嗎？」「她不跑嗎？不飛走嗎？」當她們發現天鵝竟可以聽懂人話的時候，都驚訝羨慕極了，嘰嘰喳喳地叫起來：「天啊，這是一隻天才天鵝！」「太了不起了，你可以養一隻天鵝作伴！」「怎麼樣才可以有這樣一隻天鵝呢？」「你能讓她跟我們玩一會兒嗎？」「我叫圓圓，你叫什麼？」

「我叫水兒。」水兒的小臉興奮得通紅，太威風了，有一隻天鵝做朋友，而且，是這麼乖巧聰明的天鵝。

「我的天鵝會跳舞！」她說，「會表演童話故事『胡桃鉗』。有個耶誕節晚上……」現學現賣地，她把曲風講給她的故事原樣照搬給了新結識的小朋友們。

曲風遠遠聽見，縱聲大笑起來。

小林感慨說：「很少見到水兒玩得這樣開心，也很少看你這麼開心。」

「你呢？你開心嗎？」

「這要問你。」小林微笑。「如果你肯對我好一點，我就會很開心。」

「你在吃醋？吃天鵝的醋，還是水兒的醋？」

「都有。」小林誠實地回答，仰起頭等待著，「如果你對那根魚杆過多關照，我也會吃魚杆的醋。」

曲風忍不住微微一笑，拉過小林，輕輕俯下頭……

遠處，忽然傳來孩子們的爆笑聲。原來，是水兒的故事講到了那甜蜜的結局。孩子們都聽得入了迷：「真的嗎？糖果王國？巧克力人兒？」

「真的。天鵝會跳呢。」水兒說，唯恐人家不信，摟著天鵝的脖子商量著，「你跳給她們看好不好？你跳那天在曲叔叔家跳的那種舞好不好？」

天鵝也很興奮，很久沒看到這麼多人了，這麼多天真燦爛的笑臉，她的表演欲又上來了，她天生是活在舞台上，活在觀眾的崇拜裏的，只要有掌聲的地方，就應該有她的舞蹈。

她飛起來了，在湖的上空盤旋曼舞，做出各種俯低仰高的姿勢，忽爾振翅騰起直沖九宵，忽爾收攏羽毛悠遊湖上，忽爾猛地一揚頭，一道水花飛濺出七色彩虹，忽爾一低身扎入湖水在花間銷聲匿跡，轉眼卻又在湖岸重新浮現……在孩子們的歡叫聲中，她覺得自己的表演比任何時候都有意義，比萬人劇場的舞台都更加閃亮。

孩子們叫著，跳著，歡呼著，爭著和水兒交換友誼，又輪流同天鵝合影。

曲風也收了釣杆，參與到孩子的隊伍中，給他們充當義務攝影師兼造型顧問，不住指揮著：「靠近一點，天鵝的頭再揚高一點！」「對，這位小朋友笑一笑，眼睛看著天鵝！」「摟著天鵝的脖子，沒關係，別怕，她不會咬你的！」「好極了，笑一笑，再來一張！」

天鵝溫順地，合作地，擺出各種姿勢任孩子們拍照，把她的笑臉和他們的笑臉重疊在一起，那些歡快的無憂無慮的笑聲感染了她，她也縱聲笑起來：「嘎嘎！嘎嘎嘎！」

孩子們又發現新大陸般驚喜：「天哪，她在笑！她的笑聲多好聽呀！」並且模仿著天鵝拍打翅膀的樣子一邊揮動雙臂，一邊學著她的聲音：嘎嘎！嘎嘎嘎！

天鵝大喜，終於有人發現自己的笑聲也很好聽了！哼，這些孩子們才真正懂得欣賞，才是知己呢！她更加縱情地笑了：嘎嘎！嘎嘎嘎！嘎嘎嘎嘎！

第九章

月光寶盒

寂寞的夜晚，我喜歡看月亮。
寂寞的晚上太多了。
記憶中幾乎沒有多少個夜晚是不寂寞的。
寂寞像不安的蟲子，將心咬齧得傷痕斑駁。那些傷口紅腫，發炎，癒合，結痂，像至尊寶的心——一粒醜陋的椰子殼。
我知道為什麼至尊寶的心會像椰子了，因為受傷太多，而他表面太瀟灑，所以傷痛加倍。
至尊寶要給愛一個萬年之期，我愛，我的期限是多少呢？
我不知道。
我只知道，只要我在，愛就存在。
每一次涅槃都是一次新的愛。
直到地老天荒。

——摘自阮丹冰《天鵝寄羽》

雨一直地下，小林每次來曲風處，都藉口沒帶傘，借走一把。

漸漸地那些滴翠成蔭的綠傘都失了蹤影。櫥櫃裏，多了一黑一紅兩把大得可以遮天蔽地的油布傘——由小林買來放在那裏。

她是存心的。

不知爲什麼，那麼多把一模一樣的綠傘讓她覺得不安。

她在那些綠色的傘裏嗅到了丹冰的味道。

她在白色的梔子花香裏嗅到了丹冰的味道。

她在天鵝的睨視裏嗅到了丹冰的味道。

甚至，她在自己親外甥女水兒綻開的裙擺裏，也嗅到了丹冰的味道。

丹冰對她而言，是雖「死」猶生，無處不在。

曲風仍然每週兩次去給丹冰彈琴。她也陪著去過一兩次。每次站在丹冰床前，她都覺得窒息。

她不喜歡她。無論是「生前」的她，還是患病的她。因爲，她占去了他太多的時間和思念。

而且，幾乎每次看過丹冰之後，曲風的情緒就會出奇地不穩定，常常要用酗酒來麻醉自己，以圖發洩。

她不相信這僅僅是因爲內疚。

其實，早在初進劇團實習時，她已經借著女人的敏感，隱約覺出丹冰與曲風之間的不尋常：他們表面上很普通，沒有什麼特別的對話或交往，可是只要兩個人同時出現，空氣中就會有種不一樣的感覺，彷彿電流在動，他們之間，有種形容不出的曖昧，不易察覺的關聯。

或許，是因爲他們相像——不是形「像」，是神「像」——兩個人都有冷峻的外表，冷漠的神情，冷淡的處世態度，和冷豔的愛好：一個愛舞成癡，一個愛琴入化。當他們一個彈琴一個跳舞，就好像阿波羅陪嫦娥在天際遨遊，美不勝收。沒有人會置疑西方神話中的阿波羅有沒有可能會和東方傳說裏的嫦娥約會。反正，他們都不屬於人間，地上的人各有不同，天上的人卻總是差不多。

至於他們兩個人爲什麼始終沒有走到一起，小林猜想那是因爲驕傲。丹冰和曲風都太唯我獨尊了，很難想像這樣的兩個人從天上下來後，還可以在人間繼續攜手。人間不是舞台，世界不是爲他們這種人準備的。熄掉舞台頂燈，人間的光明溫暖就平淡地發放出來，台下多的是芸芸眾生，他們才是世界的主人，他們中，也包括她小林。

是憑了這份自知和自信才敢挑戰丹冰的。

但是沒想到是用這種方式贏出——丹冰爲了救曲風而消聲，小林的勝券僅僅因爲活著。這算是贏了嗎？

依她看，曲風還並不知道丹冰的真心，僅僅把她視作恩人。可是，她總覺得，在曲風的潛意識裏，是在等待丹冰醒來。

這讓她不安，也不甘。同一個活生生的人作戰固然刺激，卻不無勝出的可能；同一個精魂作戰，卻是只有招架之功毫無還手之力的。她有時候看著丹冰，真想對她大喊大叫：有本事你醒過來啊！醒過來同我爭曲風啊！逍逍遙遙地睡在這裏，一味用恩情影響著他算什麼？

她走到丹冰床前，做了個非常隱秘的搧耳光的假動作。丹冰當然不會察覺，曲風也沒有。小林勝利地笑了。

奶奶斟出咖啡來，用銀製托盤托著，放在水晶鑲面的茶几上，一邊感慨地說：「小曲你真是個好人，每個星期都來看冰冰，她有你這樣的同事，真是福氣。」

曲風汗顏，趕緊說：「是她救了我，她變成現在這樣，也都是因為我。」

奶奶點點頭，仍然沿著自己的思路說下去：「冰冰剛病倒那會兒，天天有人來看她。以前追求她的那些男孩子，又是送花又是送水果，淚眼不乾的，可是隔上一段日子，就都不見影兒了。以前還說要為冰冰死呀活呀的，原來都是嘴上說說的……」

小林啞然失笑，現代人談戀愛，當然只是嘴上說說，要不怎麼叫「談」戀愛呢？要是每個人都玩一套生死相許，忠貞不渝，那還得了？中國人口數起碼減少一半不止。

「連記者也都不再來……」

小林又笑。記者？記者哪裏有這些閒時間，記者忙的是抓新聞。阮丹冰，已經舊了。

奶奶仍然抱怨：「也怪不得那些人，冰冰一直不醒，看著，真是沒什麼希望了，又不能招呼人，白坐在這裏有什麼意思？可是我就想不通，以前他們來的時候，冰冰也不招呼，常常把人扔在樓下就上樓了，半天半天地把人晾在那兒，那些人倒又不見厭煩……」

曲風明白過來，其實奶奶並不是真正生氣，她只是寂寞，在尋找話題。以前，丹冰在的時候，追求者眾，做奶奶的大概少不了要為她擋駕，挑剔，審察，勸慰，不知有多操心，如今忽然停下來，倒又不習慣了。

喝過咖啡，他仍舊坐到鋼琴前，十指下流出「吉賽爾」熟悉的曲調。

奶奶倚在窗前傾聽，神思飛出去老遠。丹冰小時候，最愛就是這支曲子，小孩子說話不知忌諱，常說自己死後，也要變成舞魂維麗絲。如今想起，真令人唏噓。

她站了一會兒，默默走出去，背影忽然佝僂許多。

小林坐在陽台花籃吊椅上，愜意地搖晃著，從這個角度望出去，可以遠遠看到一角水灣和白渡橋，這是上海最黃金的地段啊。她又眯起眼睛打量房中，成套的明式硬木家俱，配著義大利風的三層落地窗簾，古代字畫和法式鋼琴——明明中西雜糅，卻偏偏和諧悅目。

她忽然就覺得不平起來，莫名生氣——這種生氣於她是熟悉的，生活在上海這樣一個浮誇的都市，眼睛裏流過繽紛的繁華誘惑，手上卻沒有多少可以抓得住。她自言自語般地喃喃著：「這樣環境裏長大的女孩子，天天喝咖啡吃下午茶作一餐，難怪眼高於頂。」

曲風愣愣地說：「丹冰是有些清高的。」

小林不屑，「哼」一聲，從鼻子裏說話：「有錢人的清高。」她想著自己的家，即使站在最高處，也看不到渾圓的天，和廣闊的地，都被弄堂割成狹長的一小條一小條的，像醃蘿蔔乾和碎拖布條。

丹冰在舞台上那個臨溪照影的造型忽地撲到眼前來，孤芳自賞，目無餘塵，那樣精緻的一種絕美，難怪不長久。她甚至從未正眼看過她的對手一眼。她顧自地愛著曲風，當發現他身邊又有了新的情人，她會受傷，會歎息，卻不會關心那個情敵是誰。或者，在她心目中，根本只把那些走馬燈一樣替換出現在曲風周圍的女人視作曲風的新的「汙點」，而沒有把她們當作情敵。驕傲是她的個性，也是她的致命傷。

這一刻，小林覺得她比阮丹冰自己，更瞭解阮丹冰。而阮丹冰，則無論醒著還是睡著，都永遠不會瞭解她小林。因爲，她太平凡，而丹冰太不凡，自視不凡的人從來看不見底下人，可是平凡的人最大的功課，就是研究那些不凡的人。

這是凡人的精明之處。

她站在丹冰床前端詳著她，丹冰沉睡著，孤獨得像開在無人之境的一樹花。她的氣忽然就平了，輕輕說：我平凡，所以我活著，這就是最大勝利！我希望你會醒過來，但是，等你醒的時候，我已經得到曲風！

曲風很晚才回家，天鵝張開翅膀歡迎他，他坐下來，拍拍沙發：「上來。」一邊拉開易開罐將啤酒像水一樣倒進喉嚨裏去。

天鵝看他一眼，她不想他喝酒，可是她知道他喝酒是爲了她──那個睡在奶奶家裏的自己的身體。他可並不知道，真正的阮丹冰就在他身邊陪著他呢。

這段日子她已經不在意與他親熱，每個人見了她都想拍拍抱抱，視爲等閒，她也只得隨和。他張開手臂，她便跳入他懷中，與他摟抱著看電視。他一隻手輕輕梳理著她頸下的羽毛，對她說：「你相信有這樣的愛情嗎？我才不信。都是小說家編出來的。」

天鵝看看電視，又看看他，換個舒服點的姿勢在他膝蓋上伏下來，心裏說不清是甜蜜還是悲哀。這「月光寶盒」她已經看過無數次，可是每一次都還會有新的心動。可惜的是，他顯然持有不同意見。這冷硬的，沒有心肝的男人！

「月光寶盒」的觀衆多迷戀於至尊寶的愛情宣言，但是丹冰另有所鍾，她喜歡的是紫霞的對白：「他會在一個萬衆矚目的時刻出現，身穿金甲聖衣，腳登七色雲彩來娶我……」

她姐姐問她：「你這還不是神經病？」

她說：「這不是神經病，是理想。」

紫霞替自己說出了心聲。至尊寶並不是個好男人，但是她愛上他，便視他爲神明，金盔銀甲，乘雲駕霧，無所不能，而她爲了他，亦無所不爲。她前生是燈盞裏的一顆芯子，在油裏煎熬日夜，促使她一心一意要到人間來尋找的光明，不是愛本身，是愛的理想。

丹冰的理想，是曲風。

她看著他的側影，輪廓冷峻而眼神溫柔，即使是醉，也醉得瀟灑。

他醉酒，她醉心。

愛一個人，不可以鼻子眼睛眉毛分開來那樣挑選著去愛，是愛他的整體，所有的缺點與優點，因爲是那些整體構成了他，使他活生生出現在她面前。

這段日子的朝夕相處，使她比以前更瞭解他，也更加愛他。可是，她該如何表達她的愛，從而爭取他的愛呢？

紫霞說：「我的意中人是個蓋世英雄，有一天他會踩著七色雲彩來娶我，我猜中了故事的前半截，卻猜不出故事的結局……」

天鵝想：我也不知道自己的結局會是怎樣？

曲風已經不止一次地表示，他將選一個風和日麗的天氣將她放飛。他說：她是一隻鳥，而他是人，他們不可能一直生活在一起。她的歸宿，應該是藍天，和綠水。

「回到你自己的天空去吧。」他說。他不知道，看不到他的地方，藍天綠水於她都沒有意義，她的天空，只是他。她因愛他而死，亦因愛他而生，從一個舞者變成天鵝，只是爲了他，爲了愛。

做人的時候，他拒絕同她長相廝守；如今做了天鵝，他仍然不肯同她在一起。他寧可去陪伴一個沉睡的阮丹冰，爲她彈琴唱歌，卻不肯留下真正的丹冰魂在他身邊，相親相愛。

無論是舞者還是鳥類，她總是無法和他共有同一個世界。

至尊寶抱著紫霞在萬丈紅塵中冉冉墜落，煽情的音樂響起，緊箍咒發生作用，至尊寶頭痛欲裂，終於撒開手，眼睜睜、眼睜睜地看著紫霞離開他的懷抱，緩緩飄落，帶著無悔的微笑……

天鵝哭了。

曲風的舌頭漸漸板結，「我不相信愛情。」他仍在嘀咕著，「小說和電影裏把愛情描寫得太多，也太神乎其神了，所以我不再信它。因爲現實生活中根本看不到。我身邊有很多人，男人和女人，但是沒有愛情……」

至尊寶說明城頭的那對戀人時，曲風睡著了。幽藍的電視螢幕是黑夜裏唯一的妖嬈，而天鵝在他的鼾聲中獨自流淚。

主題歌響起來，悽愴蒼涼，迴腸盪氣，悲亢中有說不出的纏綿——

從前　現在　過去了再不來
紅紅　落葉　長埋塵土內
開始　終結　總是沒變改
天邊的你漂泊在白雲外……

丹冰激動地輕拍著翅膀，這歌詞太像是爲她而做了。「天邊的你漂泊在雲外」，她可不就是一個天外來客嗎？

她簡直有點恨曲風了，這麼好的歌，替她說出她的心聲，他卻不聽，卻睡著了，真是一頭……她及時打住了腹誹，即使在自己的心裏，也不忍這樣詆毀他。

苦海　泛起愛恨
在世間難逃避命運
相親　竟不可接近
或我應該　相信是緣分……

天鵝停止了拍動翅膀，憂傷地低下頭。「相親竟不可接近」，這就是她與曲風的緣分了嗎？這是命數，不可抗拒。紫霞永遠地消失了，可是她在至尊寶的心裏留下了一顆眼淚。自己在曲風的生命裏又留下什麼呢？

如果曲風堅持要把自己放飛，自己是沒有理由留下的。綠色的雨傘已經一把一把地被小林取走了，梔子花也終會枯萎，到那時，不知曲風會不會把自己忘記。

總有一天，小林會將自己的痕跡從他的生活中一點點地剔除，直至徹底消失。就好像她從未出現過一樣。到那時，她在哪裏？她的愛又在哪裏？

這時候天鵝嗅到一種奇怪的味道，同時聽到有什麼在劈啪作響，她回過頭，看到門縫裏滲出絲絲紅光，伴著越來越濃的煙霧，飄搖地，明滅地，同藍色的電視屏光相照映著，很美，美得妖異而邪惡。

天鵝一時想不明白這是什麼，只本能地感到恐懼，然後才懂得分析，接著大驚起來——是火！著火了！大概剛才曲風在臥室裏吸過煙，卻沒有把煙頭熄滅——火苗拍著客廳的門，正拚命地要出來，要更加兇猛地燃燒，要主宰整個世界。

牛魔王煽起的熊熊烈火真的燒起來了！從電視裏燒到現實世界來了！

而曲風還在沉睡。

天鵝撲向臥室，想切斷火源。可是不行，門把手太高了，她根本沒有辦法搆到，何況，就算搆得著，又能用翅膀扭動把手來開門嗎？

她又撲向洗手間，總算洗手間的門沒有關嚴，她立刻跳進浴缸裏把自己弄濕，然後再跳回到曲風身上，用翅膀遮住他，並不斷搧動，怕煙氣使他窒息。

她既然救過他一次，必定也可以救他第二次。她搖撼著他，拍打著他，用喙狠命地啄他，聲嘶力竭地呼叫，欲將他救離險境。他只自沉睡，將一隻手在臉邊不耐煩地擺一下，不願她打擾清夢。

她絕望地撲動翅膀，這是她愛的人呀。他要死了麼？他的命是她拿她的命換的，怎可這般輕拋？曲風，曲風，醒一醒，你真的要我陪你葬身火海嗎？死，我並不怕，已經不是第一次面對，可是你，你的命如此矜貴，怎麼可以就這樣拋擲？

外面有喧鬧聲響起，夾著刺耳，哦不，是悅耳的警笛聲——消防車來了！可是，爲什麼水龍還不沖上來呢？他們來得及在火魔將曲風吞噬之前救他脫險嗎？她要堅持，一定要堅持到消防隊員上來。他們來了，他也就有救了！

她一次又一次撲進洗手間又撲回客廳，把自己的羽毛當作救生圈，煙越來越濃，沙發著起來了，她撲了左撲不了右，火近了，火近了，她不可以讓他中招，她可以死一千次一萬次，卻獨獨不能眼看著他死在她面前。

火已經舔上她的羽毛，窗子大開，她隨時可以一展翅輕鬆地飛出屋外，飛離火海。可是，她怎能拋下他？他在哪裏，哪裏便也是她的所在，她不會留下他一個人身陷險境。

她活在他的生命裏，縱然她什麼也不能給他留下，可是她可以讓他留下他自己的命。他的命是她救的，他活著，已經是對她最好的回報，除此，還需求什麼呢？

洗手間裏也著起來了，房間裏除了曲風渾身被她用羽毛打濕，到處都是東一簇西一簇的火苗，梔子花的冰魂雪魄在火光中絕望地呻吟，緞子的舞鞋化爲灰燼，它們甚至等不到明天就要徹底消失。可是她已經不在乎了。除了他的命，她什麼也不在乎，只想死一千一萬次，只要將他保全。

一片火海中，天鵝飛舞狂奔，眼看著就要變成一隻火鳥，這時候水龍終於從窗子裏射進，漫天花雨般灑落下來，將希望和重生帶給災難中的倖存者。

當第一股甘泉沖向天鵝的時候，巨大的狂喜令她忽然心力交竭，她低下頭看著遮蔽在自己羽翼下的曲風，他大概已經熏暈了，沒有任何聲息。火光中，他英俊的面孔出奇地寧靜，像一尊神。

她終於保全了他，正像當初在舞台上拚力一舞完成「天鵝之死」的收場動作那樣，她優美地張開翅膀遮住曲風，心氣一鬆，昏死過去……

第十章

天鵝涅槃

很小的時候，我便常常聽到不同版本的同題故事：三個願望。故事裏的許願者是仙女或者老翁，這都不重要，重要的是，他（她）許給善良的人三個願望。

我的三個願望是什麼呢？

古代的女子有過這樣的標準答案：

春日宴。綠酒一杯歌一遍。再拜陳三願：一願郎君千歲；二願妾身康健；三願如同樑上燕，歲歲常相見。

太奢侈了。

我只希望，可以常常看到你，聽到你，陪在你身邊，已經足夠。

如果生命可以三次輪迴，那麼每一次我的選擇仍是一樣，就是為愛生存。

——摘自阮丹冰《天鵝寄羽》

陰天，並沒有下雨，可是空氣中有種來不及了的緊迫和壓抑，那一直堵到嗓子眼來的雨意是比電閃雷鳴更真實更逼著人的。沒有下雨，但是要下的，就要下了，再不走就來不及了。

於是每個人都匆匆忙忙地，來不及了，來不及了。

曲風匆匆地趕著路，來不及了，來不及了。

剛才小林來電話說，水兒再次發病，已經送進急救室，醫生說，九成九是不會再出來了。發病前，水兒還一直念叨著，說想再見一面曲叔叔和天鵝。

天鵝……想到天鵝，曲風的心口就一陣地疼。那天，他在醫院醒來，救他出火場的消防隊員告訴他，他沒事，只是醉酒後又被濃煙熏暈，醒了就好了。可是天鵝就……他忙抓住其中一個人的手問起他的天鵝，那個剛毅的漢子也不禁動容，感慨地說：從來沒見過那麼護主的鳥。窗子大開著，牠明明可以逃生的，可是硬往火裏闖。他們衝進門的時候，他已經被熏暈了，是天鵝伏在他身上替他擋住了火。他從天鵝的羽翼下逃生，可是天鵝，卻被燒成一隻火鳥，奄奄一息……

彷彿有千萬隻重錘一齊對著他的頭狂敲，曲風整個人呆住，顧不得所謂的面子與尊嚴，也顧不得男兒有淚不輕彈的古訓，在眾人瞠目結舌的注視中愣愣地流下淚來。為了一隻鳥。

他是一個人，一個大男人，可是竟要托賴一隻天鵝的保護以求生，那隻原該受他保護的天鵝，卻反而即將為他喪命！

他衝到寵物醫院，只差沒有給醫生下跪：「救救我的天鵝，你們說什麼都要救好牠，我求你們了！」

老醫生們聽說了天鵝的事蹟，也都感動不已，答應要全力救治，可是對於結果，卻沒有一個人敢打包票。看著醫生把粗粗的針管刺進天鵝的身體，曲風心都抖了。

就在這時候，小林打來電話，說水兒病危，希望他能趕來見最後一面。

曲風匆匆地趕路，來不及了，來不及了。

他想著那個美麗的，脆弱的，不久長的小女孩，嬌美的容顏有著不屬於人間的潔淨，黯淡的雙眸裏時時流露出死亡悲憫。看著她歡笑或者歎息，都會讓人心碎，宛如捧住一件精美瓷器，擔心跌落。如今，她終於是走到盡頭了。那百合花瓣一樣的嘴唇將永遠閉上，沉重的眼睫驗證了死亡的到來。

她的路，到了盡頭了。

她的盡頭，是許多人的剛剛開始，甚至還算不上真正開始。

上天真是不公平。難怪要下雨。

可是雨還是沒有下來，只是壓著，壓著，等待爆發。

每個人都在期待一場豪雨。

期待一次毀滅。

世界已經沒有希望了，索性毀滅得更徹底些。

然後有所改變。

雨停後世界會有一點改變。

曲風匆匆地趕路，來不及了，來不及了。

水兒來不及看到天鵝，自己來得及看到水兒嗎？

當大火燒起來的時候，當天鵝撲在他身上替他承受炙烤的時候，如果天鵝會說話，不知道要說的是不是也是這一句，來不及了，來不及了……

丹冰在煉獄裏輾轉。

好大的火呀，燒遍她全身。渴！比任何時候都渴！

她知道她要死了，可是，這火什麼時候能滅呢？她是在火焰山嗎？還是被牛魔王的芭蕉扇搧到了太陽上去？

至尊寶抱著紫霞緩緩墜落，飛向太陽。緊箍咒使他頭痛欲裂，他撒開手，紫霞便飛了下去，飛到熊熊烈火中了……紫霞是誰？至尊寶是誰？曲風是誰？

哦曲風！對了，曲風！

曲風，火燒起來了，快醒醒，快醒過來了啊！

曲風怎麼樣了？他要死了嗎？自己要救他的，他被救下了嗎？他安全嗎？他好嗎？

曲風！曲風！

眩暈又上來了，好暈，天旋地轉。是在跳「吉賽爾」的輪舞嗎？那死亡的舞蹈。

不住地旋轉、旋轉，彷彿穿上紅舞鞋，停不下來。

是要一直跳到死的。

死沒有什麼，可是曲風怎麼辦？

曲風！

爲情早殤的維麗絲女鬼們纏住了曲風一起跳死亡輪舞，曲風要死了，要死了。

不！不行！他不能死！

她要救他！要救他！救他！

曲風！曲風……

她撲動翅膀，她揚起頭顱，她飛起來了！

熱！好熱！這是哪裏？天鵝湖嗎？哦那美麗的仙境一般的天鵝湖。

沒有看到天鵝在嬉戲，天鵝們都去哪裏了？曲風在哪裏？

月亮升起來，群山起伏，彷彿披銀戴雪，在月光裏溫柔地起舞，清風拂動，吟唱著一首無字的歌，是曲風在彈琴嗎？琴聲中，山石青草都有了新的生命，低柔私語，整個世界變得晶瑩剔透。荷葉田田間，一枝粉色的荷花映日開放，仙若星辰。

那荷花刺入眼中，丹冰只覺得心裏一疼……

曲風趕到醫院的時候，看到急診室外站滿了人，除了小林外他大多都不認識，不過猜也猜得出來，年老的一對是小林的父母，年輕的則是小林的姐姐大林夫婦，也就是水兒的爸媽。

小林看到他，「哇」一聲撲在他懷中哭起來。

曲風有些手足失措，這是他第一次見她的家人，這樣親昵未免尷尬，可是他又不可能推開她，唯有極力做出自然的樣子，輕輕拍撫著她問：「水兒呢？她在哪兒？她怎麼樣？」

「她在急救。」回答的是小林的姐姐，那位可敬的憔悴的母親，她的眼中有種哀莫大於心死的平靜，「醫生說，她怕是不行了。早在開春的時候，醫生已經說過，她不能再犯病，再犯，就是最後一次了。我小心了又小心，可她還是發病了，醫生說這回大概沒有希望了，已經使用起搏器了，可我還是想等著她醒，我總覺得，她不該死，不該就這麼走了，上帝把她生得這麼美，這麼聰明，卻不給她健康，我寧可要個醜孩子，只要她健健康康地，讓我一直看著她上學，長大，結婚，不要走在我前面……」

她絮絮地說著，說著那些人間最傷心的話，可是，她的眼中卻沒有淚。

曲風驚悸地發現，這位母親的心已經比女兒的身體更早地死去了，她已經不知道自己在說什麼，甚至不再懂得傷心。太多次希望，太多次失望，她已經禁不起了，精神已經處在崩潰的邊緣。他的心中，充滿了對小林姐姐的同情，並且和她一起詛咒著上帝的不公！

窗外有雷聲炸響，雨到底下來了，閃電一次又一次撕裂彤雲密佈的天空，把雨水傾盆倒泄。

姐姐走到窗前，仍然用那種平靜得可怕的聲音歎息說：「這麼大的雨，就像天漏了一樣。老人都說，如果有不該死的人要死了，天就會漏，那是老天爺在流淚……」

林媽媽忽然受不了，推開窗子對著瓢潑般的大雨放聲號哭起來：「老天爺，爲什麼不讓我替我孫女兒去死？我已經老了，要死就我死吧，讓水兒醒過來吧……」

「媽，你別這樣！水兒已經這樣了，你可不能再病倒了呀！」小林扶著母親的胳膊，也哭起來。

曲風走過去扶住她另一邊胳膊，正想勸慰，他的手機響起來，他急忙走到一邊接聽。

是寵物醫院打來的。「曲先生，很對不起，您的天鵝不見了。」

「什麼？」曲風如被冰雪。「什麼叫不見了？」

「我們也不知道怎麼回事，牠已經昏死了，完全沒有生氣，我們用盡了辦法也救不醒，只好打算人道毀滅，可是配好藥出來，牠不見了……」

曲風立刻站起，不顧一切往外走，小林扯住他：「你去哪裏？」

「回家，醫院說天鵝不見了，我懷疑她會飛回家去。」

「可是水兒……」

「水兒有你們這麼多人陪著……」曲風心亂如麻，「天鵝只有我一個朋友。」

「水兒如果醒來，會很想見到你。」

「你真的相信水兒還會再醒過來嗎？」曲風殘忍地說，硬生生掰開小林扯住她胳膊的手。

「曲風，我需要你，你留下來，陪我，好不好？」小林哭著，再一次撲上去扯住他。顧不得父母姐姐都在旁邊看著自己，顧不得面子與矜持，這一刻，她只想抓緊他，依賴他，撲向他的懷中。傷心和無助使她在這一刻變得分外軟弱，她需要他的支持。

可是，他卻推開她，狠心地、堅持地說：「小林，我知道你的感受，對不起，這種時候我本應該陪在你身邊，可是，我急著回去看天鵝，如果牠真的飛走了，最大的可能就是回家，牠很虛弱，在人的世界裏孤立無援，牠比水兒更需要我……」

「一隻天鵝，再重要，會比水兒更重要嗎？」小林的聲音近乎於淒厲：「曲風，你如果現在離開，就永遠都不要再見我！」

曲風回過頭，看著她。

小林站在窗邊，風吹亂了她的頭髮，不管是怎樣的兵荒馬亂，她出門前慣例是要化妝的，現在滿面淚痕，妝全糊在臉上，狼狽不堪而楚楚可憐，眼中有一抹絕望的孤注一擲的熱情，不顧一切地尖叫著：「曲風！你寧要一隻天鵝，都不要我！」
他們對峙著，曲風在這一刻深深感動，小林的激烈讓他看清了她心裏的痛和她對自己的熱望，可是，天鵝救了他的命，他不能不管。終於，他低低地說：「小林，對不起……」猛回頭，轉身離去——
就在這時，急診室的門開了，醫生伸出頭來，問：「哪位是曲風？小妹妹要見曲風。」
「水兒醒了！醒了！這真是奇蹟！」
所有人都歡呼著，蜂湧上前。大林在奔進病房時絆了一跤，曲風和姐夫一左一右將她扶起，她往前衝兩步，只覺雙腿發軟，又絆倒在地，索性不再站起，直接兩手交替撐地爬過去，抱住女兒大哭起來，語無倫次地叫：「水兒，你嚇死媽媽了！你可醒了！這太好了，太好了！你吃點什麼？累不累？哪裏疼？告訴媽媽！」
小林和母親都哭起來，林家翁婿彼此大力拍打對方臂膀，一時說不出話來，連醫生和護士都受到感染，笑著向這劫後餘生的一家人祝福。
水兒軟弱地倚在母親懷裏，喃喃著：「曲風！」
她費力地抬頭，輾轉地尋找，找到了，蒼白的臉上立刻綻出笑容：「曲風，你在這裏！」

「我在，我在這兒！」曲風上前握住水兒的手，沒有去想為什麼她醒過來第一件事是找他而不是她的父母。

水兒癡癡地望著他，眼中寫滿專注的熱望，精神踴躍，可是身體不能給予呼應，她虛弱地微笑：「我看到荷花開了，帶我去湖邊看荷花……」

「好！好！我帶你去荷花！等你病一好，我就帶你去。」曲風滿口答應著。他站起來，水兒立刻握緊她的手：「你不要走……」

「不，我不走，我會坐在這裏守著你。」曲飛毫不猶豫地回答。水兒初醒時的那個微笑像一根刺樣深深扎進他的內心，使他有種痛入骨髓的動情。忽然之間，他覺得這個無親無故的小女孩成為他的責任，就是遺棄全世界，也不可以遺棄她。他承諾她：「只要你願意，我會一直陪著你，不走開。」

水兒滿意地笑，忽然舉起手來，輕輕撥開垂在他額前的一縷頭髮，然後微微歪著頭，閉上了眼睛。

那個頭一歪的動作，像極了天鵝。曲風大驚，剎時間痛入心肺，不再分得清天鵝與小女孩，大聲叫：「水兒！水兒！」

醫生按住他肩膀，做了一個安靜的手勢，稍事檢查，對大家說：「她不是昏迷，是睡著了。放心吧，一覺醒來，她又是個可愛的水兒了！」

大林忍不住抱住丈夫，再次喜極而泣，失而復得的狂喜使她沒有注意到女兒醒來後的種種異狀。

但是小林注意到了，同時，她還覺察到水兒直接叫了曲風的名字，而不是以往的「曲叔叔」，那個撥頭髮的動作更是嫵媚親昵得詭異，她忽然有種毛骨悚然的冷感，連水兒復甦的喜悅也被沖淡了。

第十一章

仙女的翅膀

我第一次愛上你是什麼時候呢？

記不清，真的記不清。

應該不是一見鍾情，初遇時的你，輕佻而戲謔，嘴角噙著玩世不恭的笑，說話的語氣像是命令，又總喜歡同人惡作劇，我越生氣你就越開心，咧開嘴哈哈大笑，當我是七八歲小童那樣逗弄。越理你，你就越來勁，不理你，你就得意；那樣子，真是可惡極了。

不是從幻想開始的——雖然，同事們對你的議論的確曾經引起我不由自主的浮想聯翩——他們說你輕浮，但著實迷人；說你孤傲，卻又隨和散漫；還說你同我很像，舉止言談，都有一股子「獨」勁兒。

當然也不是從吃醋開始，好像只要有你的地方，就有脂粉香，就有嬌笑聲，那麼多的翠衫紅裙圍繞著你，讓人見不到你的本心。這樣的男人，是唐璜，是死神，是鴉片，我並不想做吸毒人。

那麼是從什麼時候開始的呢？

是因為琴聲嗎？有人誇你彈得好，你不在意地笑：「我彈得好嗎？我倒不明白別人為什麼彈不好。」你又說，不是你在彈琴，而是琴在同你談話。

你坐在鋼琴邊的樣子，你斜倚著大提琴的樣子，你拉手風琴的樣子，還有你吹口琴的樣子，都帥極了，神氣極了，琴和你完全融為一體，那些音律，彷彿不是從琴箱中流出，而是從你身體裏，從你的心底流出。
每當你彈琴，我就特別想跳舞。舞至死也不悔。
我愛，你的琴聲就是我的紅舞鞋呢。而你，就是使我變成維麗絲的死亡輪音。

——摘自阮丹冰《天鵝寄羽》

曲風沒有找到他的天鵝。

那隻垂死的，已經不可能再飛起的天鵝，自從在寵物醫院的手術台上失蹤後，就再沒有了任何消息。

醫生說：有靈性的生物在死之前都懂得找個隱僻的地方藏身，維持最後的尊嚴。對牠們而言，死亡是神聖而不可侵擾的。

這使曲風簡直發了瘋。他怎麼也不能相信，他的天鵝會捨得這樣離去，不再見他一面。

那是他的救命恩人呀，他怎能讓牠就此消逝無蹤？未能見最後一面，未能替牠做最後一件事，甚至連親手埋葬也不能夠。

不！他要找到牠！要陪著牠！牠活著，他要找最好的醫生治好牠；牠死了，他給牠壘最好的墓，像對待一個人，一個真正有尊嚴的人那樣鄭重禮葬。

他跑遍全市所有的湖畔，動物園，禽類展覽館，希望找到天鵝的蹤跡。

但，沒有。

那隻天鵝就像從地球上消失了一樣，不留下半點蹤影。

鋼筋水泥的都市叢林中，牠能去哪裏呢？

曲風第一次想，鋼筋水泥的都市叢林中，牠又是從哪裏來的呢？

牠來到這世間，好像只是爲了陪他，救他，現在，牠救了他，便走了。給他留下一筆債。

他欠牠，欠牠太多。怎麼還？

尋找天鵝的時候，他再一次想到阮丹冰。忽然覺得，這隻天鵝和丹冰有太多的相似，一樣酷愛跳舞，一樣高貴驕傲，一樣，爲了救他而喪命。

他來到丹冰家，一曲接一曲地彈著鋼琴，直彈到十指麻木，把這看成是對天鵝的償贖。

他的琴聲中，有一種潔淨的憂傷，照見靈魂最深處的寂寞憂傷。連那盆失了魂的梔子也會在琴聲中重新清香悠揚起來，和琴聲一起飛出窗口，飛進遼遠的天空，那裏，沒有天鵝的痕跡。

小林陪著曲風找天鵝。

她已經原諒他了。因爲在他瀕臨死境的時刻，畢竟是那隻天鵝救了他的命；還因爲那天在醫院，他最終還是留下來，守候在水兒的床前，同她一家人分享悲傷和喜悅。

雖然，留下他的是水兒的召喚，而不是她的眼淚。

因爲水兒，他和她一家人的關係突飛猛進，幾乎沒有任何過程就直接達到了家庭成員般的親近。

他終於答應去她家吃飯。

林媽媽看他的眼神，完全就像對一個準女婿，而他，也很自然地融入到這種氣氛中，陪林爸下棋，同大林夫婦討論水兒的病情，以及在席上服從地吃掉小林替他布的菜。

林媽媽做得一手好菜：糖醋小排骨，百合蒸南瓜，茭白炒年糕，貴妃雞翅……曲風很久沒有吃過一頓這樣美味的家常菜，不知不覺吃了很多，還加了兩次飯，喜得林媽眉開眼笑。

臨走，小林又訂下明天見面的時間，說要陪他去買傢俱——自從火災之後，小林真是沒少幫忙，又是粉刷牆壁，又是找保險公司和管委會交涉，完全把重建家園視爲己任。曲風隱隱覺得不妥，卻不知道該怎樣說出拒絕的話，「交給裝修公司處理吧」，「這些事我自己來吧」，「你別太操心了」……各種藉口都用過了，可是小林只當聽不見，進門就幹活，完全跟回自己家一樣。

此刻，她乾脆當著全家人的面約他明天一起買傢俱，林媽媽和大林相視一眼，露出心照不宣的微笑。曲風更加不安，卻不便當著眾人的面回絕小林，只得支吾道：「明天再看吧，我不一定有空。」

小林也不介意，笑嘻嘻送他出門，林媽媽追出門口嚷：「小曲，你明天再來啊，我給你做麵筋炒蟹和蛋餃湯。」

到了明天，他開始刻意地躲小林。然而小林就好像不覺得似的，下班時堵在門口說：「我姐打電話來，說水兒一直在問你今天會不會去看她？」

她沒有再提買傢俱的事，他便也無從拒絕，且也不忍拒絕——不是對小林，而是對水兒。

於是，他們一起去看水兒，然後他送她回家，吃了林媽媽的麵筋炒蟹和蛋餃湯。

一切順理成章。

曲風有時候會覺得，自己好像不知不覺走進了小林用替補愛與親情交織的網中，越縛越緊，卻因爲水兒堵在收口處，讓他不知道該如何逃脫。

他不知道的是，小林也正在爲此煩惱。

水兒的重生，把曲風同林家緊密地拉近了，感覺上，他們已經成了一家人。他成了水兒最信任的長輩，「準姨夫」。

可是水兒本身，卻越來越讓小林感到不安。

重新醒來後，她比以前更美麗了，美麗的不是五官，是她的神情。她的神情中，忽然有了一種不屬於她年齡的成熟美豔。一種不祥的美豔——天真中帶著妖冶，稚嫩中露出挑釁，甚至還有一抹捕捉不住的滄桑。

種種不可能的神情集中在一個十二歲女童的臉上，所彙集出來的，是驚人的魅惑。

過去，她美得入畫；如今，卻只合照水，水波流動，影兒千變萬化，抓不住一個準模樣兒。

水兒的美，是飄忽而沒人氣的，超越凡塵的美麗概念之上。

她大多時候沉睡，每次醒來，第一件事必定是找曲風，如果找不到，就賭氣閉上眼睛不說話；找到了，就癡癡地望著他，一言不發，眼中無限婉轉哀傷，讓小林從骨子裏感到冷悸。

她變得任性，愛生氣，而且不勝煩惱，好像完全不接受自己的重新醒來似的。對人愛搭不理，滿臉戒備生疏，連「媽媽」也不肯叫。大林與她親熱，她頗不習慣，微微皺著眉，似乎不知該怎樣對待這樣充盈的熱情。給她洗澡擦身，她竟然害羞，要求自己來，而讓母親迴避。

對待小林她倒是熟悉的，但是眼中有敵意，而且，未免對阿姨的戀愛生活太關心了一些，會忽然問她「你最近還和曲風約會嗎？」「曲風喜歡你替他選的傢俱嗎？」「你主動做那麼多事，會不會反而讓他反感？」諸如此類的問題。甚至有一次，她很好奇地問：「是什麼原因使那麼多人同時愛上唐璜那樣的男人呢？」問的時候，臉上有一絲很真誠的困惑，讓小林又好氣又好笑，同時，水兒將曲風比做英俊而又風流的唐璜也讓她覺得新奇，不明白關於唐璜的概念是由誰灌輸給這個幾乎足不出戶的病小孩的。

因爲她小，小林不肯同她計較，對所有的問題往往只笑而不答，可是心裏暗暗犯疑，這些問題關小女孩什麼事？而且，她真的是小女孩嗎？美麗得這樣妖氣，又任性得這樣特別的小女孩？

更令小林不安的，是曲風。

曲風明顯地被水兒吸引，常常凝視著她的眼睛問：「你到底是誰？這樣地美麗！」

水兒答：「是仙女。」

「是王母娘娘身邊的七仙女嗎？」曲風逗她。

可是水兒答：「不，是塔里尼奧的西爾菲達仙女。」

曲風和小林一齊愣住。

水兒說的是塔里尼奧主跳的一段名舞：風流多情的蘇格蘭青年詹姆斯在新婚前夜夢到一位林中仙子西爾菲達，他迷上了她，跟隨她來到林中仙境。可是因爲聽信女巫的讒言，輕率地將染了藥水的白衣披在仙女的身上，她的一對翅膀立刻脫落了……

曲風問水兒：「是誰講給你這個故事？」

「是我自己。」水兒憂傷地回答，面容哀淒無奈，充滿感性，「我的翅膀沒有了，我再也飛不起來。」

她的話令曲風一陣愴惻，而小林則毛骨悚然，她不明白，這個一向天真單純而又乖巧溫存的外甥女兒怎麼忽然變得這樣陌生起來，總是說著一些莫名其妙的話，讓她害怕。

就在這時，水兒忽然抬起頭來，眼中閃出異樣的光彩，望向曲風：「曲風，你不知道我是誰嗎？」她盯著他的眼睛，一字一句，「你看仔細，我跳舞給你。」

她滑下輪椅，雙臂舉過頭頂，優美嫺熟地做了一個折腕的動作，然後腳尖一點，意欲騰空——可是不行，病痛使她甚至沒有站起來的力量。她跌倒在地，忽然發起脾氣來，惱怒地砸著自己的腿叫：「怎麼會這樣？爲什麼會這樣？」

曲風心疼地撲過去，抱起她連聲勸慰。

小林卻早已看得呆住，不，這不是水兒，水兒的身體裏，是另外一個靈魂！

太陽從東邊升起來，卻從西邊落下，從不肯改變軌跡。

太陽落了之後，月亮就亮起來。

月亮是早已經出來了的，虛怯怯地掛在樹梢上，只有個淡白的影兒，不很理直氣壯地，露出半個臉來側著身子等候上場，在太陽未曾完全落山之前，是不敢正式亮相的。

接著星星也都出來，是跑龍套的小夥計，叮叮哐哐地，東一簇西一組，不很有隊型，可是也都各盡其職地亮著。

小林和曲風走在星光下，鋼筋鐵骨的高樓大廈叢林中，他們是兩隻渺小的蠅。渺小而茫然。

許久，是小林先打破沉寂：「荒涼。」她從牙縫裏吐出這兩個字。

「荒涼？」曲風不明所以：「你是說南京路？」

「不，是說水兒。」小林解釋，「寫傾城之戀的那個女作家張愛玲，她在小說中最喜歡用的一個詞，就是荒涼。形容一個女孩的眼睛，也用荒涼。本來我不明白，荒涼是說一個偏僻的地方的，怎麼人的神情可以是荒涼的，還荒涼得幾千里不見人煙，但是看到水兒的眼睛，我就明白了。她眼中那種感覺，除了荒涼，也真沒別的詞可以形容。」

「大概是因爲生病，心情不好吧。」曲風安慰。

小林卻搖搖頭，納悶地說：「不會的，水兒從小就多病，住院都住成習慣了，性格又乖又隱忍，從來不是這麼刁蠻沉鬱的個性，她眼裏的那種空洞，讓人看了，從心裏往外覺得冷，而且，她對我好像充滿敵意。」

「怎麼會呢？你是她小阿姨，水兒一向跟你很親的。」

「那是以前。」

「什麼以前現在的？你太胡思亂想了。」曲風覺得小林多慮，「她不過是生了幾天病，有點鬧情緒罷了，過幾天就好了。」

「走著瞧吧。」小林最後說，抬起頭來看天，星星這會兒更亮了，清泠泠地，像一串音符。

水兒的美麗和妖異越來越令小林不安，一天，她忍不住問姐姐：「你覺不覺得，水兒有點怪？好像突然對跳舞很有學問似的？」

大林不理那些，只要女兒活著已經喜滋滋，聞言不經意地笑：「近朱者赤，近墨者黑，都是曲風教會她的罷。」

「她和曲風，還真是很有緣的樣子。」媽媽也說，「晚上，叫曲風來家裏吃飯吧。」

小林答應一聲，又問：「醫生替水兒檢查過，怎麼說？」

「病情暫時穩定，可是要接受化療。」

「化療？」小林一愣，注意力立刻從對女孩的疑惑轉移到關心上來，「她還這麼小。」

姐姐低下頭，聲音裏滿是苦澀：「她的頭髮會脫落，如果仍不能好轉，只怕……不知道這樣讓她多受罪是好事還是苦差？」

她心裏只有女兒的健康，此外別無所思。

女兒的意義，是一個叫她「媽媽」的小小孩童，只要她一天叫她「媽媽」，她就一天視她如珠如寶，才不理她是愛了舞蹈還是愛了文學，就算有一天她突然開口能說六國外文，背上長出翅膀來，她也依然是她女兒。

水兒初醒時，還真有一段日子不肯喊媽媽，開口閉口只是要找曲風，找到了，也不說別的話，只握住他，戀戀不肯放手。但是後來忽然有一天，她開口叫媽了，是哭著叫的，感動至極的那種哭，叫得動心動肺，就好像她有很多年沒叫過而忽然重新找到母愛溫暖似的。

那一刻，大林比任何時候都感動於自己是一個母親，她張開手臂緊緊抱住失而復得的小女兒，彷彿母雞護住她的小雞。水兒是這樣地小，這樣地弱，這樣地孤助無援，她真希望可以替女兒承受所有的病痛，付出一切代價來交換女兒的健康。可是，她卻無能爲力。看著女兒因爲化療而受苦，她的心如受千刀萬割，卻什麼都不能做，唯有袖手旁觀。對一個母親而言，這是比任何刑罰都更殘酷而難以忍受的。抱著病弱的女兒，她淚流滿面，一聲聲心痛地呼喚：「水兒，媽媽真是沒用，真是沒用……」

水兒舉起手來輕輕拭去母親的淚，溫軟地問：「媽媽，你爲什麼對我這麼好？」「我是你媽媽呀。」大林看著女兒，又是哭又是笑，「這世界上，一個母親最寶貴的，就是她的孩子。爲了你，我可以做一切的事，可是，我卻什麼事也不能做，我真是心痛。」

水兒哭了，抱著大林說：「媽媽，我真沒想到，母愛這麼偉大。」她依偎著母親，悲哀地說，「我現在才知道，有媽媽的感覺真好啊。只可惜，我不能長久地陪著你。我知道，我的時間不會很多，媽媽，醫生有沒有告訴你，我還能活多久？」

聽了這一句，大林的心都碎了，嗚咽著一句話也說不出。

反而要小小的水兒來安慰母親：「媽媽，別哭，我們可以多聚一天，也是一天的緣份，我真幸運有這樣愛我的母親，媽媽，你會不會後悔有我這個女兒？」

「水兒，你長大了！」大林泣不成聲，卻從心底裏開出喜悅的花來，感動地說，「媽媽不後悔，不論發生什麼事，媽媽都不會後悔有過你這樣一個女兒，你是媽媽最親愛的，最寶貴的，得到你，是媽最大的幸福，失去你，是媽最大的傷痛……」

「媽媽，答應我，如果有一天，我走了，你不要太傷心好不好？」水兒的淚和母親流在一處，「每個人都會死的，死一點都不可怕，很平靜，很美，真的，我不騙你。如果我死了，你不要太傷心，因爲，我愛過你，你愛過我，這就足夠了，我沒有白來一趟，你也沒有白疼我一趟。相聚多一天少一天，又有什麼不同呢？媽媽，我感謝你對我這麼好，有你這樣的媽媽，我真的很幸運，生也幸運，死也幸運，真的，只要有愛，怎麼樣的人生都是幸福美好的，媽媽，不要哭，不要哭好嗎？」

大林抱著女兒，更加淚如雨下，女兒每句話都深深打動了她的心，使她甚至來不及去想，一個十二歲的女兒，怎麼會忽然變得這樣懂事，怎麼能說出這樣既感性又理性的一番話來……

水兒一天天好起來，但仍然虛弱，不能站立，對曲風的依戀，也越來越強。她的蒼白的病靨，只有在見到他的時候，才會有一絲紅暈出現。

可是這絲毫不影響她的美麗，她常常昏睡，可是只要醒來，她仍然令每一個見到她的人驚豔。

這天，曲風無法抗拒她不住地央求，終於向醫生請允，和小林用輪椅推著她去公園看荷花。他們漫步荷塘，引起每一個從旁經過的人注目，小林十分不自在，曲風和水兒卻都是我行我素，對人們表情各異的目光視而不見。

池塘裏，開滿了粉白相間的荷花，粉的如霞，白的如雪，而亭亭翠蓋如綠雲，每有風來，花與葉輕輕搖曳，含情欲語。曲風看著盛開的荷花，不禁又想起往日同天鵝一起來荷塘垂釣的往事，問水兒：「還記得我們的天鵝嗎？」

「當然。」水兒說，專注地望著曲風的臉，「我聽說她被燒死了，是嗎？」

「是的。都是我喝醉酒害死她。我很想念那隻天鵝，以前總覺得是我在照顧她，現在想起來，才發現其實一直都是她在照顧我，陪伴我。」

「你很傷心她離開嗎？」水兒問。

曲風重重點頭，認真地說：「很傷心。以後，我都不會有那麼忠心的朋友。」

「有我陪你，還不能安慰你的傷心嗎？」

「那是不一樣的。」曲風說，蹲下身來，順手揉亂女孩的頭髮，「你知道嗎？有些人有些事是不可以重複的，失去了就是失去了，無可補償。」

「比如那隻天鵝？」

「尤其是那隻天鵝。」

「那麼，除了天鵝之外，還有什麼人是你無法忘記，失去她便不可複得的嗎？」

水兒忽然抓住他的手，熱切地追問，「有沒有一份情是你最珍惜的？要長久懷念的？有嗎？」

「水兒！」小林不安地打斷外甥女兒的問話，水兒那種奇特的神情又一次令她莫名恐懼——那麼熱烈而逼切的語氣，那麼深那麼黑的眸子，聲音因爲緊張和期待而微微顫抖，黑密的長睫毛撲閃撲閃地，如兩隻蝶，這一切是爲了什麼呢？——她哄勸地說：「我們不要討論這些問題好不好？你還小，感情的事，不是你來關心的。」

「不，我想知道。」水兒看也不看她，只是搖撼著曲風的手追問：「有嗎？有這樣一個人讓你長久懷念嗎？」

曲風看看她，臉上忽然露出寂寞感傷。他想起了他的父母，被親生父母遺棄的人，有什麼理由談論恩情和懷念？從小，他就活在卑微和羞恥中，因爲自己私生子的身分而羞恥，因爲寄人籬下的命運而卑微，更因爲自己獨來獨往的個性而備受指責。

所有的人，包括把他帶大的阿姨，都對他的存在表現出一種既不耐煩而又無奈何的態度，好像奇怪這個多餘的不該降生的人爲什麼仍然活在世上。阿姨因爲善良的本性而收養了他，可是二十年來一直在懷疑自己這善舉的正確性，並且從不掩飾她的這種懷疑和後悔，從小到大，他聽到的最熟悉的一句話就是：「要不是我，你早就小貓小狗一樣餓死了，你親爹親媽都不要你，真不知道我爲什麼要來管這檔子閒事兒……」

直到今天，他每次去阿姨家的時候，有時仍然會聽到她老調常彈，從來不忌諱這種話是否會傷害他的自尊心。在他們心目中，他同一個被施恩收留的野狗崽子沒什麼不同，給他一個窩一口飯已經是天大恩賜，哪裏還要額外給予溫情？而一隻狗，又哪有什麼自尊個性？

是的，他沒有親人，只有恩人。這恩，要他用一生一世來回報。回報的方式，是寄錢。他已經很久沒有去過阿姨家了，但是每月領了薪水後都會準時寄錢回去。他們養他二十年，而他已經決定，會寄錢寄到他們善終，以此報恩。只是恩，沒有情。

沒有親情，也沒有友情。從上小學一年級起，他就不知道什麼是夥伴和朋友，他的成長旅途中，只有敵人，只有對手。他們貶低他，嘲笑他，排擠他，罵他是「有娘生沒娘教的野孩子」。這個野孩子，憑著自己過人的毅力和靈性從一年級起就年年名列前茅，並且順利考取獎學金升入大學。

但即使是這樣，他也沒有得到哪位老師的格外垂青，因爲，他們不喜歡他過於冷硬的性格，而且他太喜歡打架生事了，曾經爲了與同學揮拳差點被學校開除。大學班主任死的時候，他去參加追悼會，但是哀樂聲中，他唯一的心思竟然是在研究曲調與音響的關係……

不，他不懷念任何人，他的人生中，就只有他自己。然而這些話，是可以對一個十二歲的孩子說的嗎？她又怎麼可能懂得他的無奈？

他輕輕搖頭：「人？我這一生中，屬那隻天鵝是對我最好的了，比任何一個人都對我好。我還從來沒有爲失去什麼人而傷心過。」

水兒的眼神忽然就冷了，她的小小的頭倚在輪椅上，懶懶地說：「累了，推我回去好嗎？」

第十二章

珍妮的畫像

這是一首我抄來的詩，我把它送給你，代表我最真的心願：
「讓我，讓我做你的新娘吧
讓我無論是誰的故事誰的情節
讓我無論走過多遠會不會回轉　經過多少峰迴路迷
也仍舊，仍舊是你的新娘吧

當最初的青梅枯萎　當最後的竹馬逝去
當蘭田的玉化煙消散　歲月都滄桑成年輪依稀
我仍然是你紅蓋頭裏　揮灑不去的緣份
還是那五百年前重複上演的　失之交臂的那一杯
還是燭光剪影裏不斷憔悴
縱使淚盡也不肯消逝的　綿綿相思

總有一種心情是唯一的吧
總有新娘的羞色是唯一的吧
總有走不完的輪迴是唯一的吧
當你牽起夢與真實的簾帷

那盈盈淺笑的　那脈脈相望的
是我，是你唯一的、唯一的新娘
哦，想當新娘的女孩渴望長大
讓我，讓我做你的新娘吧！」

——摘自阮丹冰《天鵝寄羽》

曲風在夢中重現了那夜火災的現場：

在夢中，他的天鵝變成了鳳凰，積香木自焚重生的火鳳凰。熊熊烈焰在她身後瑰麗地燃燒著，她引吭高歌，張開羽翼優美地盤旋，在烈焰中冉冉飛升，高貴、無懼、神聖而憂傷。

那情形，簡直是壯觀的。

曲風心安了，知道他的天鵝已經升入天堂，並在涅槃中重生。

他不再尋找天鵝，而把更多的時間放在了水兒身上。

醫院的病人們常常看到那樣一種情景：

一個二十多歲的大男人牽著個比他小了十多歲的小女孩在花叢中慢慢地散步，聊天，樣子很親密，既不像父女也不像兄妹，可是很漂亮——男人高大英俊，瀟灑得有一點點邪氣；女孩嬌豔欲滴，然而眉梢眼角帶著種不屬於她年齡的妖媚，走路時腳跟一點一點的，像鳥，隨時會張臂飛去。如果在月光很好的晚上看到他們，你會錯覺是遇到了花仙。

但是這段日子是曲風一生中最快樂的時光，無所顧忌地愛，無保留地給予，無用心地付出真情——那樣子不計代價不問將來的傾情，曲風從來都不曾嘗試。教會他真心去愛的，竟是個十二歲的小女孩。

女孩子走在風裏，裙裾飄搖，背上的蝴蝶結翩然欲飛。她的腳步輕盈跳脫，不時輕輕一躍，迅捷如小鹿。

在花叢深處，她站住了，驀地回頭一笑，燦若春花。

她向他招手，心無城府地呼喚：「追我呀，追上我我就嫁給你。」

他的心忍不住「別」地一跳，腳步反而停了。

她渾然不覺，猶自對他揮著手：「來呀，追我呀！」眼睛裏光亮一閃一閃的，有種說不出的嬌媚吸引。

他忽然覺得腳步有幾千斤重，不過是幾步路，卻像走了很久，竟有點不敢正視她的臉。

小女孩的賣弄風情是不自知的，因此亦發挑逗。她問他：「你到底要不要追我，要不要娶我？」

他雙手插褲袋裏，微微地笑：「你還小呢，就這麼急著嫁？」

她手托著腮，斜睨他：「等我長大了，你娶不娶我？」

他抬頭，驚訝地看她，她竟是認真的呢。清麗的小臉繃得緊緊的，神情冰冷。慢著，這副神情在什麼時候見過的？

他不自主地恍惚。

十二歲的未諳世事的天真女孩，她的世界原該充滿芳菲，然而癌細胞過早奪去了她的嬌豔，小臉開始枯乾，頭髮因爲做化療而大把大把地脫落，讓他想起已經變成植物人的丹冰，衷心哀痛。

然而她還不知道前面等待她的將是什麼，仍然一心計畫著長大後的將來，要長大，要嫁他，要做他的新娘。

病孩子的世界也是芳菲的。

女孩在催問：「娶不娶呢？」

間不由髮。他毫無阻礙地回答：「娶。」

因是回答一個僅只十二歲的小女孩，答得斬釘截鐵。

女孩滿意了，卻又伸出一隻手指：「那麼，你起個誓。」

他握住她的小手，拇指對拇指，對抵著蓋一個戳。她的手，冷而香，有種異常的嬌軟。

他又一次恍惚。

整個晚上，他都在反思自己的恍惚。不，他是一個正常的男人，而且生活中絕對不缺女人。他不是色情狂，更沒有戀童癖。可是爲什麼，竟會對一個十二歲的小女孩產生難以言喻的情感？

而且，他看得出，這女孩對他的愛意不是一時興起，不是孩子氣的好玩，更不是兒戲，當她要他立誓，她的神情幾乎是莊嚴而聖潔的呢。是的，她在要求他發誓，要求他誠意，要求他專一。

哈，專一？這是他從未想過的一個詞，也是他從不具備的一種操守，現在，居然由一個十二歲的女孩子來要求於他了。可是，他竟然答得那樣心甘情願。當時，也許只因爲對方是個小女孩，所以才會那般乾脆。可是現在回想起來，那種脆快中，不是也有一種感動在裏面嗎？

那回答，不是敷衍，不是應付，的而且確，是一種承諾！

曲風忍不住在心裏想：如果她真的有機會長大，他是真的會願意娶她的吧？

水兒一可以下地行走，便表現出對跳舞的狂熱的愛好。

她對舞蹈的那種熱誠和學識讓曲風不只一次地驚歎。他清楚地記得第一次見面，給她彈「胡桃鉗」時的情形，也還記得她那笨拙的稚樸的舞步。但是現在，她雖然趔趄，姿勢可是中規中矩，儼然久經訓練的樣子。

有一次在電視裏看到楊麗萍跳孔雀，水兒很內行地評論：「楊麗萍的舞和別人不一樣，她跳孔雀，最美的不是足尖，是手。她的手是有表情的，可以在一靜一動間將孔雀的乍驚乍喜表現得很到位，很形象。有種孤寂美。」看到一半，興致忽發，對曲風說：「看著，我給你扮天鵝。」

她站起來，雙腿不甚動作，只將一雙手如穿花蝴蝶般翩然舞動，時而舉過頭頂，時而繞身盤旋，時而又雙臂交叉對折，柔媚宛轉，充滿表情。

曲風驚奇地看著，看慣了足尖舞的他，還是第一次注意到一雙手也可以舞出這麼豐富的感情。他看得出了神。而水兒已經氣喘吁吁地停下來，天真地問：「我好看嗎？」

「好看，從沒有比你更好看的小姑娘了。」曲風笑，覺得自己像白雪公主後母的那面鏡子。

可是水兒卻並不滿足，低下頭委屈地說：「你卻從不肯好好地看著我。」

「誰說的？」曲風無辜地辯解，「你這麼漂亮，誰看了你都要多看兩眼呢。」

水兒搖頭，沉思地說：「只在跳舞的時候你才會看我。」一句話未完，她的思想卻又跑遠了，說，「曲風，我真想聽你彈琴，好久都沒有聽你彈琴了，好想呀。你什麼時候再彈琴給我聽呢？」

曲風有些驚訝，女孩的心思瞬息萬變，忽嗔忽喜，沒一點定性。她，的確有點不大像過去那個乖巧可愛但略爲遲鈍的小水兒，美色和靈氣都太過了些。

她原本已清麗嬌豔，而重生之後更有一種非凡的迷離光彩：眼波流動，每一次凝眸或睇視都會露出新的嫵媚；臉色仍然蒼白，但是時時泛起淡淡紅暈，使她耀亮驚豔如彗星；舉手投足都平添淑女味道，連腳尖都有表情似的，輕輕一個轉身或者跳躍，流光溢彩，婀娜多姿，不說一句話，已經千嬌百媚。

一句話，她以前只是美色，如今卻是絕色。

這樣的女孩，天生是屬於音樂與舞蹈的，是藝術的精靈。以前，只不過是疾病把她的天性壓抑住了，如今一旦被喚醒，她便表現出比常人高明十倍的聰穎和悟性，就像眠著的蟲破繭而出，化爲蝴蝶。如果有一天她走上舞台，曲風擔保，她或者會成爲第二個阮丹冰的。

哦丹冰……曲風的神思忍不住飄開了一下。水兒立刻注意到了，輕搖著他的手問：「你在想什麼？」

「等你再好一點，我就替你向醫生請假，帶你去我們劇團玩。」曲風掩飾地說，也是承諾：「我帶你去排練廳，給你彈琴伴奏，讓你換上我們團裏演員們的練功服和跳舞鞋好好盡一次興。」

「真的？」水兒的眼睛倏地亮了起來，「你要帶我去劇團？我很久沒有回劇團了！」

「回劇團？」曲風詫異，正想問水兒什麼時候去過劇團，小林進來了，舉著一串香蕉笑著說：「到處找你們，原來躲在這裏看電視。」

水兒立刻扭開頭，看也不願看小阿姨一眼，懶懶地坐在輪椅上，露出疲憊的樣子。曲風想她大概跳舞跳得累了，並不在意，剝了根香蕉遞給她，便和小林推著她並肩走出休息室，邊走邊問：「怎麼今天來得這麼晚？」

小林笑：「剛下班嘛。你以爲是你，大牌音樂家，沒有演出就可以愛去不去，我是個實習生，要按班按點的，到時候還等著劇團給我寫推薦書呢。」

曲風忽然想起一件事：「我好像聽誰說，團長有意把你留在劇院了，是嗎？」

「聽說？聽誰說？」小林立刻上了心。

曲風支吾：「忘記了，總之聽過那麼一耳朵吧。」

輪椅上安安靜靜吃香蕉的水兒忽然「嗤」地一聲笑：「聽誰說？聽團長本人說的唄。曲風又不是一個八卦的人，小道消息，他永遠最後一個知道，如果他能聽說，你早就聽說了，除非……是團長本人跟他提起來，他才會這麼神秘兮兮想說不說的。」

「真的？」小林大喜，盯著曲風問：「是這樣的嗎？團長跟你說的？都說了什麼？」她一向敏感，可是這一回，只因關心則亂，只想著問自己的工作大計，卻沒有想到，爲什麼水兒會知道得這麼多，料事竟然比她還準確。

但是一向粗疏的曲風卻驚奇了，水兒那句「曲風不是一個八卦的人」令他頗有一種知己之感，同時也隱隱地遺憾小林同他走得這樣近，卻不能夠瞭解他的爲人。

小林仍在追問：「團長都跟你說了什麼？依你看，我留下來有幾成的把握？」

「你很想留在劇團嗎？」曲風笑，「待遇也不是很好呢。」

「可是牌子正呀。如果能留在劇團，以後不論想去哪兒，調動都會容易些。工作分配，最關鍵就是起點一定要高。以我的條件來看，現在能找到的最高起點，就是留在劇團了。」小林實事求是地分析著。

曲風認真地看著她，想了很久，才終於點點頭，卻答非所問：「如果你這麼想留下，我一定會幫忙。」

水兒又是「嗤」地一聲笑，隨手將香蕉皮準確地投進走廊一角的果皮箱。

小林蹙眉：「水兒，你的笑聲好不難聽。」

水兒愕然，抬起頭來：「你又說我笑得難聽。」

小林反而一愣：「又？我以前有說過你笑聲難聽嗎？」

「你忘了嗎？」水兒怨毒地看著她，眼中幾乎有種兇狠的意味，「就在不久以前，你才說過我笑得難聽，還想焚琴煮鶴呢！」

小林想起來，那是第一次帶水兒去曲風家作客，那時候，天鵝還活著，處處向她搗亂，她曾罵過那隻天鵝，恐嚇牠要把牠煮了吃。可是，這關水兒什麼事？她忍耐著解釋：「我是說那隻天鵝笑得難聽，可沒說你。」

水兒將頭扭到一邊，恨恨地說：「哼，癩蛤蟆想吃天鵝肉！」

這次，連曲風也覺得過分，忍不住說：「水兒，怎麼這麼跟你阿姨說話？」

水兒大怒，猛地站起來：「你幫她？」滿眼怒火，轉身便跑。然而畢竟大病未癒，跑得急了，拐角處轉彎不及，一個趔趄重重地摔倒在地。疼得「嘶」地倒吸一口涼氣，渾身冷汗。卻仍然掙扎著站起，還要再跑。

曲風早已急奔過去扶起，心疼得聲帶都發緊了，連連問：「水兒，怎麼啦？摔疼沒有？讓我看看，摔到哪裏了？」

「不要你管！」水兒用力拂開他的手，「你欺負我！你幫她！不幫我！」

「都是我不好，我跟你道歉行不行？」曲風抱著她，拍哄著：「我再也不敢罵你了，以後都對你好好的，別生氣了，好不好？」

水兒「哇」地哭起來，摟住曲風的脖子，抽抽噎噎地哽咽著：「曲風，你不可以再這樣對待我！你不要對我發脾氣！不要罵我！」

「不罵，不罵。」曲風應著，心裏說不出地酸楚。小女孩委屈的哭聲深深刺痛了他的心，讓他覺得自責，這個嬌豔如花而又柔弱如風的女孩兒，如此依賴他親近他，他怎麼忍心違逆她讓她傷心哭泣呢？他緊緊地擁抱著她，彷彿怕誰把她從他懷中搶走。爲了這個小女孩，他願意做一切的事，付出所有代價，即使是犧牲生命也在所不惜。

每個人的心底裏都有一個感情的海洋，只是有些人外露而有些人內斂，還有一些人，他的海洋下有座休眠的死火山，非得等到適當的時機才會爆發。如果一直沒有觸動他，他就始終沉睡，讓人誤會這是一個冷血的人。然而一旦爆發，他的感情卻是比誰都強烈都深沉的。

曲風的心底，便是這樣一片感情的海洋，而海下面，是深埋的火山。水兒，便是那個潛海爆破的情源！他抱著水兒，鄭重地發誓：「水兒，以後我都不再罵你，如果我惹你生氣，我就是烏龜王八蛋！」

水兒破啼爲笑：「你自己說的，可不許賴皮！」她發夠了脾氣，累了，柔弱地倚在他懷裏，嬌喘微微，而寒香細細，小小聲地說：「你發脾氣的樣子，好醜！」

小林震撼地看著這一幕，看著水兒絕美的臉，她的美中有股子絕望的妖氣，不沾紅塵的，飄泊而脆弱。此刻，那臉上掛著淚珠，像極一朵帶露的桃花，豔麗而淒涼。

她忽然想起有一次和曲風談論水兒，曲風曾經說：「她就像珍妮。」

「珍妮？珍妮是誰？」

「是一部電影的女主角，片名叫『珍妮的畫像』，那電影的插曲很特別。」曲風回答，並輕輕哼唱起來，「我從哪裏來，沒有人知道，我去的地方，沒有人明瞭，風呼呼地吹，海嘩嘩地流，我去的地方……」記不清歌詞的地方，他就用吹口哨代替，那曲子陰鬱，感傷，沒有人氣。

她捂住耳朵叫起來：「多可怕的曲子，陰森森跟鬼樂似的，聽得人發冷。」

「不錯，那的確是一個很鬼氣的片子，故事很美，很特別，主角叫珍妮，長得和水兒有幾分像。珍妮其實不是一個真的人，而是畫家的靈感，她第一次遇到畫家的時候，還只是個小女孩，可是她告訴他，你等一等，我轉三圈，就會長大。她真的轉了三圈。後來，她再次見到畫家時，已經是少女……」

「你在說些什麼鬼話？」記得當時自己曾經這樣問他：「曲風，你很渴望水兒長大嗎？」

「我不知道。不過，的確從沒有一個女孩能像水兒這樣打動我。」

當時，她並未在意，現在，她終於明白，曲風是認真的，他真心地在等待水兒長大，把她當作他的珍妮，他的靈感。他抱著她的樣子，就像抱著他自己的心，世界上再也沒有比這更脆弱更珍貴更值得他用生命來保護的了。

小林的心中，忽然充滿了深深的挫敗感，認真較量起來，她竟然，不是小女孩的對手呢！

第十三章

葛蓓莉婭

如果我可以不愛，我不會愛你；
如果我可以不想，我不會想你。
可是，我不可以不愛，不可以不想。
因為愛你想你早已成了我的空氣，流淌在我的血液裏。
而我不可以不心跳，不呼吸。
於是，我只有傷心，只有流淚，只有痛楚與等待。
怎樣才能讓你的目光為我停駐，讓你的心終於為我所動呢？
也許，只有拚盡全力的一舞。
而你將為我奏琴。
我會在你的琴聲中舞蹈，讓我的舞和你的琴合作至最完美。
我愛，我等待那最隆重的時刻。

——摘自阮丹冰《天鵝寄羽》

小林再來曲風家的時候，帶來了一盆雪白的梔子花。
其實她並不喜歡梔子，總覺得那香氣中有一種神秘的意味。但是水兒對曲風表現出那麼相知相契的一種交情來，讓她不得不也仔細思考，自己該怎麼做才能顯得更瞭解曲風。

重新裝修佈置後，火災的痕跡已經完全被掩飾了。小林一手包辦替曲風選了所有的傢俱，感覺上就好像在佈置自己的婚房。事實上，當她那麼積極投入地挑選搭配時，心裏一直在想像著有一天，她會和曲風在這間屋子裏一同生活，甚至，連嬰兒床放在哪裏，她都有了妥貼的計算。

但是每次看到水兒時，她就有種美夢驚醒的感覺。因爲水兒的每句話每個眼神，都好像在提醒著她與曲風的關係其實陌生，她甚至都沒有十二歲的小外甥女兒更得曲風的歡心。

她自己也知道這念頭有些荒唐，可是她總覺得，水兒身上有某種東西是她所戒懼的，似曾相識的——水兒凝視曲風的眼神，纏綿隱忍，像足了阮丹冰，只是，那樣濃厚而含蓄的情意，由十八歲的阮丹冰表現出來，再婉轉也仍是淡泊；放在十二歲的水兒身上，卻是十足妖精。

她渾身上下，裏裏外外，處處透著不合宜。不合宜地任性，卻又有不合宜的分寸；不合宜的熱情裏，藏著不合宜的苦悶；不合宜的絕望中，透出不合宜的淡漠。

種種的不合宜匯合起來，是無法形容無可模仿的層層誘惑，將曲風牢牢捆縛成蠶。

曲風對水兒的態度，早已不再像一位「叔叔」對待小女孩。他望著水兒時眼中的那種溫柔疼惜，是小林從來沒有得到過的。他對水兒超乎一切的關心與憐愛，更使她望塵莫及。

不能自已地，在心底裏，小林視十二歲的親外甥女兒爲勁敵，一天比一天地更把水兒看作自己的對手。

於是她更加努力地做足功課——十二歲小女孩不可能做到的一切事，諸如幫曲風打掃房間，洗衣做飯，還有，買這盆梔子，投其所好，希望他會注意到：她有多麼留意他，體貼他，迎合他的一切品味與喜好。

她把梔子花放在琴台上原先的老位置，故意用開玩笑的語氣說：「女人中，我也夠沒出息的了，倒過來給男人送花。」

曲風果然不無感動，投桃報李地說：「所以你是一個與眾不同的女人。」但是接著，幾乎沒有一分鐘停頓地，他站起身來，問：「我們去醫院看水兒吧。」

用的是詢問的口氣，可是身體語言明明表現出那是一個陳述句：她要麼同他一起去，要麼自己離開，但是他並不歡迎她留下來，並不打算跟她在這屋子裏度過一小會兒二人時光。

小林又是失望又是挫敗。

這是一個大熱天。這麼熱的天，明明就最適合兩個人躲在屋子裏開著空調看電視，或者做一些戀愛中男女最喜歡做的事。

但是曲風卻寧可去醫院探病。

小林真不知道，他到底是太喜歡水兒，還是太不喜歡跟自己單獨在一起。

住院部樓下的樹蔭裏，垂柳如絲，蟬在柳樹深處長一聲短一聲地叫著，蝴蝶在花間忙碌地飛，風微細，隔牆送來重播電視劇「射鵰英雄傳」熟悉的插曲，一陣清晰一陣模糊。

小林和曲風都久久沒有說話。水兒跟著曲調輕輕哼唱：

「早已明知對他的愛，當初就不應該，

我卻願將一生交換，他一次真情對待。

爲了他，甘心去忍受，世間一切悲哀。

我的心中，這份濃情，沒有東西能代……」

她唱得輕柔宛轉，充滿情意。曲風不禁聽得呆了。

一曲唱完，水兒幽幽地歎了口氣，感慨說：「我第一次看『射鵰英雄傳』的時候，好羨慕黃蓉和郭靖兩個人，每天都可以嘻嘻哈哈地玩在一起，不知多開心；第二次看，卻覺得……」

「你第一次看射鵰？」曲風覺得奇怪，「你看過幾次射鵰了？」

「兩次，上次是七八年前了，那時候不大懂，只覺得熱鬧好看。現在重看，卻更喜歡穆念慈，她對楊康那份無怨無悔的感情比黃蓉和郭靖的『過家家』更讓人感動。」

曲風聽了，更覺怪異，卻一時又說不出怪在什麼地方。小林卻已經聽出味兒來了，撇嘴說：「你現在才多大，以爲自己已經很懂了嗎？還七八年前，那時候你連台詞都聽不明白吧。」

水兒不接話，仍然順著自己的思路感慨地說：「郭靖和黃蓉兩個人，從一見面起就情投意合，天天說死說活的，看久了也就不覺得怎麼樣；穆念慈和楊康，卻有個感情發展的過程，她一次一次地救楊康，終於使楊康對她從毫不用心到一片癡情，每次看到楊康真情畢露時我就特別感動……是不是從來都是這樣？越是壞男人的感情就越難得，也越讓人感動？」

曲風只覺她含沙射影，不禁啼笑皆非。

水兒又說：「曲風，如果我是穆念慈，我也會這麼做，就是犧牲自己性命也要救你……」

小林冷哼一聲：「孩子話，不知天高地厚。」

水兒板起臉：「我在同曲風說話，不是同你說。」她看著曲風，鄭重地說：「曲風，我不僅說到，而且可以做到。你信不信？」

「我信，我相信你一定可以做到，好不好？」曲風簡直不知道該怎樣同這個說大不大說小不小的女孩子對話，認真不是，不認真也不是。說實話，他也認爲水兒說的是孩子話，電視歸電視，他才不相信現實生活中真會有這樣的事發生，至少，他從來沒看見過。但，真的沒有嗎？

他忽然想起阮丹冰，想起記者的問話：「阮丹冰捨身救你，是不是因爲愛上了你？」心裏一動——水兒已經轉了話題：「報上說射雕要重拍了，請楊麗萍出演梅超風。用她一雙孔雀手表現九陰白骨爪，真是暴殄天物，荼毒藝術。爲了炒作，什麼都可以拿來出賣。」

小林煩惱地看著這個十二歲的外甥女兒，這也是讓她覺得怪異的一點，小女孩的意見和成語未免都太多了一些。她的談話，沒一句是合理的，完全不像一個十二歲女孩應有的方式。她一直覺得她說不上什麼地方有點像阮丹冰，可是阮丹冰卻從來不是這樣多話的人，也不喜歡吃巧克力和薯條；水兒卻不同，天天鬧著要大林和曲風給她買各種甜食，全不顧忌將來會不會變成小胖子——這一點，倒像曲風收養過的那隻貪吃天鵝。最讓她不舒服的，還是曲風居然和水兒頗投契似地，有問有答，談興極高。

只聽曲風說：「我也覺得要一個成名舞蹈家來演女魔頭這種噱頭太低級了，不但不會讓喜歡楊麗萍的人因而喜歡梅超風，反而讓看電視劇的人從此看低了楊麗萍。舞蹈是一種高尚藝術，武俠連續劇是通俗娛樂，兩件風馬牛不相及的事，怎麼能混爲一談呢？」

小林對這些話題很不耐煩，卻裝作感興趣的樣子問東問西，向曲風請教一些有關音樂舞蹈的知識。她問話的時候，看到水兒眼中不時掠過嘲弄的目光，心裏暗暗著惱，卻又不便認真計較。

談到舞蹈，便不可避免地談到了劇院的演出，談到了阮丹冰，曲風說：「舞蹈是西方藝術，但是丹冰的舞是跳給中國人看的，要中國人才真正懂得欣賞。」

「是麼？我倒不覺得。現代的中國人寧可喜歡現代舞，故事情節明白一些。」小林答。

曲風看她一眼，笑笑說：「我說的中國人，和你說的中國人是兩個概念。」

「不一樣麼？我難道不算中國人？你倒不是百分百的中國人才對。」

曲風不再說話了，知道再說也白搭，他不是一個擅表達的人，很多意思是藏在心裏可意會不可言傳的。他的「中國」，不是一個簡單的地域名詞，而是個形容詞，東方的，古典的，含蓄的，優雅的，敦厚的，冶豔的，是像「我本將心向明月，無奈明月照渠溝」那一派詩意的境味，而且是中國唐詩宋詞的詩境，不是勃郎寧夫人十四行詩的那種詩境。可是這種話，和小林說得通麼？

她最高的知識，也不過是讀兩本張愛玲小說，記幾個如「荒涼的手勢」、「傾城之戀」這樣字面峭麗半通不通的文詞兒罷了，那對她，已經是比普通的看瓊瑤小說的少女們高深得多的學問，畢竟多念了兩年大學。

但是阮丹冰呢，卻又高出太多，高到什麼話都不必講，只要彈一聲琴她已經完全可以意會。他的琴，和她的舞，都是來自西方的語言，而表達了東方的意念。他們之間沒有太多的談話，甚至合作時也很少交換感受，只用琴聲舞姿已經把一切說得很透徹。而這，在某種程度上反而妨礙了彼此的交往。因爲他們已經習慣了用沉默來對話，所以，一向很少交談，認識了很多年，也仍然陌生。沒想到，關鍵時刻，她卻會救他。

樹裏有風，綠得沙拉沙拉的，反而給樹蔭裏投下一片格外的寧靜。綠風中，水兒忽然問：「你們說的那個阮丹冰，她的舞是不是跳得很好？」

「也不怎麼樣。」小林說，「不過是比別人更會表現罷了。爲了爭個『天鵝之死』的女主角，不知用了多少心機。」

不知怎地，水兒忽然又惱了：「爭個女主角容易嗎？你倒跳兩下給我看看。」

小林覺得莫名其妙：「我又不會跳舞，怎麼跳給你看？」

「你既然不會跳舞，不懂舞蹈也不懂音樂，你憑什麼罵阮丹冰？」水兒咄咄逼人，憤怒地瞪著自己的小阿姨，「我要你向阮丹冰道歉！」

「我向阮丹冰道歉？」小林有些不耐煩了，「你怎麼這麼會纏人？大人說話，小孩子一邊玩兒去。」

水兒一張小臉脹得通紅，忽然一轉頭，又把矛頭對準了曲風：「你呢？你覺得她說得對嗎？你也認爲阮丹冰不算什麼嗎？」

「當然不是。」曲風訝異地彎下身，讓自己的目光與水兒平齊，「丹冰是個很了不起的舞蹈演員。如果她能夠醒來，如果她認識你，一定會教你跳舞的。她特別熱愛舞蹈。看到你這麼愛跳舞，一定很喜歡你。」

「謝謝你。」水兒的眼中忽然有了淚，她拉著曲風的手，認真地說：「曲風，謝謝你。你是真正懂得尊重舞蹈的人。你是我的知己。」

她的小臉上，呈現出那麼真誠的欣喜，讓曲風不能不爲之震撼，他出神地望著她，迷失和沉醉在一個小女孩的稱讚和認可中。他覺得他自己已經被這個十二歲的小女孩看穿了，他在她的面前，竟是無所遁形的呢。

同樣地，這句話也讓小林真真正正地被撼動了，他是她的知己，那麼，她也是他的知己嗎？這十二歲的小女孩，比自己更贏得曲風的歡心，不是因爲天真乖巧，而是因爲與他更相知相契嗎？

倉促間，她忽然下定決心，說：「曲風，我想學鋼琴。」

「怎麼突然有這種想法？」曲風奇怪地看著她，「你從來對音樂不感興趣的。」

「現在感興趣也來得及呀。」小林說，故意摟住曲風一隻胳膊，親熱給外甥女兒看。

她和曲風，或真或假，總是談著戀愛的，即使他從來不曾開口說愛她，可是畢竟，他們曾經擁抱，曾經接吻。這些，總是小女孩不可能做到的吧？雖然她不能同他談藝術，可是，她卻可以同他談戀愛，這便是年齡的優勢了。她自己也知道這些做作多少有點沒出息，可就是忍不住要強給外甥女兒看。她將頭靠在曲風肩上，撒嬌地說：「我一直沒告訴你，就在上個月，我已經正式去鋼琴學校報了名。」

「是嗎？」曲風更驚訝了，「為什麼從來沒聽你提起呢？」

「我想等學到一定程度再告訴你，給你一個驚喜。」小林嬌羞地低下頭，「我並不指望自己成為一個鋼琴家，可是，我希望通過這種學習，可以真正懂得你，懂得鋼琴，總有一天，我會和你合奏一曲……」

這樣的表白，令曲風不無所動，也十分震驚。他沒有想到小林竟然會為了他去學鋼琴，這樣真誠的用心，已經讓他不能不重視起來，正色說：「小林，我不想騙你，其實……」

「不要說。」小林急急地堵住他的嘴，不給他表白的機會，她更近地依著他，央求地問：「你只要告訴我，你肯指點我嗎？」

「只怕我沒時間。」曲風遲疑地答，對這突如其來的消息一時仍無法接受，同時，也為了小林的故作親昵而不安。他很明白她是在做給水兒看，這使他在被動之餘也有點反感，做阿姨的，跟自己的外甥女兒鬥這種閒氣有什麼意思呢？那還只是個孩子呢。一個成熟女人同一個十二歲的孩子鬥智鬥力不是太無聊了嗎？尤其這場爭鬥是因自己而起就更令他不安。女人爲他爭風吃醋是常事，他最常用的作法是視而不見聽而不聞。可是這次不一樣，這次的對壘雙方是親姨甥倆，尤其對手還是個不諳世事的小女孩。認真鬧起來，對誰都沒意思。他輕輕將小林推開一點，說：「我要上班，要來醫院，還要去看丹冰，只怕抽不出時間來教你。」

「有時間也不教她，她根本學不會！」水兒大聲說，小林的種種做態早已惹怒了她，她用力拉開曲風，蠻橫地命令：「不許你教她彈琴，你答應要多點時間陪我的。」

「水兒，你怎麼總是跟我做對？」小林的怒氣漸漸升起來，「你可不可以像個乖孩子一樣，自己玩自己的，不要總是管大人的事。」

「你以爲我不知道你心裏在想什麼嗎？你整天想著要嫁給他！」水兒挑釁地望著她，「你想留在劇團，想學鋼琴，無非是要接近他！」

小林又羞又惱：「想又怎麼樣？關你什麼事？」

「當然關我的事。」水兒眼中露出一絲冷冷的嘲弄，慢吞吞地說：「我不會讓你嫁給他的。因爲，我自己要嫁給他。」

「水兒！你在說什麼？」小林這一次是真的惱了，「你真不要臉！你才多大，就說這樣的話！」

「你才不要臉！」不料，小小的水兒竟然針鋒相對，牙尖嘴利地毫不相讓，「你根本什麼都不懂，你不懂音樂，不懂舞蹈，不懂得尊重別人，也不懂得真正欣賞曲風，你只會裝模作樣，裝腔作勢，想方設法把自己打扮得花枝招展。你怎麼配得上他？」

不懂得曲風。這正是小林最恨的指責，不禁火冒三丈，口不擇言：「我不配，難道你配嗎？你這個滿口胡說八道的小妖精！」迎著水兒繃得鐵緊的小臉，一揚手就要打下去。

水兒大怒，不但不躲，反而迎上來：「你敢？」目光凜凜，一個小女孩的威嚴竟是不容侵犯的。

小林惱羞成怒，咬著牙說：「你看我敢不敢？」

「小林！」曲風早已看不下去，跨上前猛地拉開小林，大聲說：「她只是個小孩，你怎麼跟她一般計較？」

「她才不是小女孩，她是妖孽！」小林已經失了理智，不顧一切地大叫，「她是一個葛蓓莉婭！」

曲風一愣：「什麼？」

「你不是說我不懂舞蹈嗎？可我也看過幾部劇的，尤其是舞劇『葛蓓莉婭』。」小林恐懼地望著水兒，如見鬼魅，「葛蓓莉婭遠遠看去是個非常美麗的人見人愛的女孩子，可是只有走近她才會發現，她根本沒有靈魂，她只是一個木偶。是魔法師葛佩利烏斯老頭的遮掩使她擁有虛幻的生命。那個巫師到處尋找年輕人做自己的試驗品，收集他們的靈魂賦予葛蓓莉婭……」

「你的意思是說水兒是葛蓓莉婭，她只是沒有靈魂的木偶，軀殼已經被別人的靈魂所佔據？」曲風憤怒，「她是你的外甥女兒，你怎麼可以這樣詆毀她？」

「就因爲她是我外甥女兒，我才比你更瞭解她！」小林叫起來，「自從她這次發病又重新甦醒，她就完全變成了另外一個人。以前的水兒是安靜的，羞怯的，是個單純的小女孩，哪裏有這樣妖異？她不會跳舞，從小身體就弱，一天舞蹈都沒有學過。她也不喜歡看荷花，更不會拒絕叫你曲叔叔……」

「小林，你知不知道你到底在說什麼？你在同一個小女孩吃醋！」

「我說過了，她不是小女孩，是妖孽！」小林忽然衝過去，搖撼著水兒的身體叫，「你到底是誰？你說！你到底是誰?!」

水兒的眼中忽然掠過一絲詭異的笑容，笑得小林脊背發冷，她無辜地說：「怎麼？我不是你的外甥女水兒嗎？」她的頭髮散亂而臉色蒼白，被小林搖得口齒不清，無辜地叫著：「放開我！放開我！」那樣子，也就是一個惹了禍而惶極無助的小女孩。

「夠了！」曲風再也看不下去，衝上去用力拉開小林，大聲喝：「你幹什麼？瘋了嗎？她這麼弱，病還沒好，難道你想要她的命？」

小林冷靜下來，頹然地放開手。可是，就在她鬆手的一刹，水兒忽然壓低了聲音，很快地說，「沒想到，最瞭解我的人，竟然是你！」

小林忽然就愣住了。

第十四章

小王子

今天我和幾個姐妹們玩跳楚舞。楚舞很美。真美。淒迷曼妙如寒夜月光之流麗。難怪楚靈王身為一國之君也會親自參與，「躬舞壇前」。

楚王愛細腰，宮中多餓死。說的就是楚舞。

我也有極細的腰。一尺六寸，夠細的吧？

人家說男人的手臂臂長等同於女人的腰圍。我沒有量過你的手臂，怕不只一尺六寸吧？

如果有一天，你可以攬著我的腰於湖邊漫步，我會死掉的，會化做天鵝飛走，因為承受不起那樣巨大的幸福。

所以，如果你愛我，請一點點對我好，就像小王子對他的狐狸，要一點一點靠近，眼中露出溫柔神色，日漸將我馴服。

——摘自阮丹冰《天鵝寄羽》

曲風終於不得不對自己承認：他愛上了水兒。

她的美麗，她的靈性，她的癡情和執著，甚至，她的脆弱、任性、暴烈、喜怒無常，對他在在都是一種誘惑。當她舞蹈，他覺得她簡直不像一個真的人，而出自他的琴聲，由他雙指按在琴鍵上彈奏出來，飛出音箱，便擁有自己的音符，不再由他控制。

那樣的誘惑是不能言喻的：明明稚嫩如春花初蕾，卻偏偏舉止風流，眼神迷亂，嬌豔的臉上突兀地寫著靈魂轉世般的妖冶和滄桑，時不時還流過一絲恍惚，彷彿魂離肉身。這種恍惚和滄桑，也同樣令他著迷。當她認真執拗地向小林宣佈她要嫁給他的時候，他的心，竟然是顫抖而狂喜的。等她，娶她，爲什麼不可以？

固然，她只有十二歲。可是，她總有一天會長大。十年而已。十年後，他也不過才三十多歲，有什麼不可以？

而且，他相信，等待水兒這樣的一個小女孩長大，並不是一件難事，因爲，她是這樣聰慧、狡黠、瞬息萬變，幾乎每一分鐘都會帶給他新的驚喜——同她在一起，生活是千變萬化充滿色彩的，絕不會感到煩惱。不要說十年，就算用一生的時間來等待，也是值得。

她給他講《小王子》的故事，說：「曲風，你馴服我吧。」

「馴服？」

「是啊，狐狸就是這樣對小王子說的。」水兒凝神思索一陣——曲風非常喜歡看她這個凝思的動作，微微揚著頭，小臉上又認真又莊重，讓人忍不住想抱起她親一下，卻又不敢輕懈——思索停當，她輕輕背誦起來：

「對我來說，你只不過是個小男孩，和其他千百個小男孩沒有什麼不同。在你眼中，我和別的狐狸一個樣兒，無非只是一隻狐狸罷了。可是，一旦你馴服了我，我們就互相依賴了。在我眼裏，你是這個世上獨一無二的，對你來說，我也是世上唯一的……」

曲風笑起來，他從來沒有聽過這樣的故事，好像充滿哲理呢。而水兒那個神聖的表情，更是令他著迷。他說：「水兒，我不是什麼小王子，可是我打賭，你就是那隻聰明可愛的小狐狸！」

水兒不理他，繼續背下去：

「狐狸說：你要馴服我，得非常耐心——開始，離我稍稍遠一點，就那樣，遠遠地坐在那邊草地上。我會先用目光不經意地瞟著你，這時，你可別說任何話，因爲語言是誤會的根源。但你得一天比一天靠近我……」

「就像現在這樣？」曲風笑，輕輕攬住她的腰。水兒微微顫了顫，仍然背誦著：

「你能在每天同一個時間來就更好。比方說，你每天下午四點鐘來，那麼，我三點就會開始興奮起來。而且，時間越近，我就越興奮。而一到四點，我又會變得焦躁不安，急得要死。我會讓你知道我有多快活！但是你如果任何時間都可能來，我就不知道什麼時候準備好歡迎你的心情了……」

曲風漸漸鄭重起來：「我明白了，你的意思，是要我遵守時間，每天在固定的時間來看你。」他凝視水兒，「我不來的時候，你是在等我嗎？」

水兒終於將眼光轉向他，眼中充滿了淚，她說：「曲風，我等你，又豈止這些日子！」

他為之傾心——她的思緒這樣旖旎曲折，如小徑通幽，迷宮重重，十年等待，又怎會覺得悶？

曲風很認真地向小林宣佈了自己的決定，自己與水兒的十年之約，還有《小王子》和那個關於「馴服」的故事。小王子說：「如果你給一朵玫瑰花澆過水，它就成了宇宙間唯一的一朵玫瑰。」這句話讓他心動，因為，他的天鵝，也是唯一的。

小林詫異地望著他，好像看到一個麻瘋病人：「她瘋，你也跟著瘋。曲風，我看你越活越小了，上次是什麼『珍妮的畫像』，現在乾脆講童話故事了，你不如改個名字，叫『曲瘋』算了。」

「是有點兒瘋狂。」曲風微笑，「但是，反正我也不急著結婚。何必那麼認真呢?水兒說什麼，就是什麼好了。十年呢，十年中的變化，誰又知道?你急什麼?」

「我才不急。」小林的臉紅了，咬著牙輕輕罵，「這個小妖精!」

自從那次爭吵後，她就再也不肯和水兒見面，每次提起她，只有一個代名詞，就是「小妖精」。

這段日子，她一直利用業餘時間在刻苦地學鋼琴，不到一個月，已經可以生澀地彈完整首練習曲了。這使曲風有些好奇，他從她的教程中可以看出，教她彈琴的老師，是認真而負責的，這在按時取酬的鋼琴班裏是很難得的，因爲學生學得越快，畢業得也就越快，學費自然也就省下了。所以通常的琴師都不肯讓學生太快入門，總要玩一些花俏來拖延時間，好多賺取幾個課時才罷。他問小林：「你的老師是個什麼樣的人？」

「才特別呢，是個瞎子。」

「瞎子？」這答案頗出曲風意外，不禁更加好奇了，「一個瞎子教你彈琴？」

「是呀。」小林因爲曲風對她的學業感興趣，也來了興致，介紹得格外詳盡，「其實開學的時候，我們老師本來是位老教授，同時每個學生又有一位輔導老師。輔導我的那位，是個和我年紀差不多的瞎子姑娘，名字叫阿彤，是教授的弟子。本來我不同意讓一個盲人來教我的，可是教授說，阿彤是他所有學生中琴藝最好的，還有點小名氣……」

「沒錯。」曲風想起來，「我的確聽說過一個叫阿彤的盲女琴師，大賽上得過獎的。我在報紙上看過她的報導，還一直想找個機會聽她演奏呢。」

「就是那個阿彤。她人很冷淡，很少笑，也不愛說話，但是教琴挺認真的，說得比老師還詳細。所以後來我就請她教我了，學費省一半呢。」

「那是很正常的。一個人在某種官能上有缺陷，往往影響到性格的發展，多半表現為沉默寡言。但是另一面，她也必然在另一種官能上有超越常人的能力，這也是上天對她的一種補償。你的這位阿彤老師，眼睛不能看，可是耳朵一定比正常人敏感得多，如果她把這種精力專注在彈琴上，將來的成就是不可限量的。」曲風正色說，臉上顯出罕見的認真。

小林有些得意，因為曲風很少這麼認真地和她談話，也因為老師這樣出名，徒弟自然也很光彩。「阿彤說，今年秋天還有一個大賽請她參加，不過，她擔心自己會失敗。」

「為什麼？」

「因為……」小林想起老師的理由就忍不住笑了，「她說她不懂得愛情。」

「哦？」

「真的，她說，她的參賽曲是一首最簡單的『給愛麗絲』，每個會彈鋼琴的人都會彈，可是不是每個人都可以彈得好。如果想彈好，不僅要技巧純熟，還得真正理解曲中的含義。可是她從來沒有談過戀愛，也無法想像戀愛的滋味，又怎麼彈得好愛情的曲子呢？她還很認真地問我，到底什麼是愛情呢。」

曲風也忍不住笑起來，對這位從未見面的阿彤充滿了好奇和尊重：「那麼，你是怎麼回答她的呢？」

「我說，我也沒有談過戀愛，可是，我卻知道愛上一個壞男人的滋味，又苦又澀，很不好受。」小林故意說。

曲風知道她是在說自己，趕緊顧左右而言他：「你下次上課是什麼時間？」

「怎麼？」

「我送你去，順便見見你這位阿彤老師。」

「好啊。你們倆算是同行，惺惺相惜，說不定會成爲好朋友呢。」小林很大方地說。一個盲女，她才不擔心會成爲自己對手。而女人對於不是自己對手的另一個女人，通常是很樂意表現大方的。

到了學琴日，小林果然帶了曲風一起去學校。可是就那麼不巧地，阿彤剛好請了假，回孤兒院幫忙處理一些雜務。倒是阿彤的老師，一位白了鬍子的鋼琴教授同曲風談了很久。曲風彈了一段曲子請教授指點，教授閉著眼睛聽了，點點頭又搖搖頭，說：「你呀，你和阿彤犯的是一樣的毛病，技術過於純熟，感情卻欠著那麼一點兒。琴聲裏，都少了一份兒真。」

曲風不服氣，又彈一曲「天鵝之死」，教授大驚：「好啊，彈得好！把天鵝那種掙扎、那種重生的渴望全彈出來了！『天鵝之死』本來是大提琴曲，可是你用鋼琴彈，居然也可以彈得這麼有韻味，好啊，簡直好得不可思議！」

曲風受了誇獎，反而傷感起來，低頭說：「我養過一隻天鵝，她是爲了救我而死的。」他沒有說的是，還有過一個爲了救他而沉睡的芭蕾舞女演員，就是在跳這支「天鵝之死」時出的事。

老教授深深動容，點頭歎息說：「難怪，難怪你可以把天鵝的那份絕望和渴望同時表現得這麼強烈，你是真正感同身受啊。這就是感情融在鋼琴中的魅力，我一定要把這個故事告訴阿彤，這就是最好的例子嘛！」

聊起阿彤，老教授對她的悟性與勤奮讚不絕口，卻對她的個性十分頭疼：「太自卑太沉默了，你知道，搞藝術的人大多外向，她這麼自閉，不喜歡同人交往，很難真正體會人生，也就很難有大的提高。其實，單以技巧而論，她的演奏早就出師了，可是就差那麼一點兒，那麼一點點兒，彈琴老是不出味兒，就跟釀酒忘了發酵似的，料都齊全，獨差一味。」

至此，曲風已經徹底服了老教授對鋼琴藝術的深厚理解和極高造詣，這一下午，他跟著小林做旁聽生，從基礎課聽起，竟然津津有味，受益匪淺。

下了課，兩人去「羅傑斯」共進晚餐，小林感慨地說：「如果以後每次都能這樣，多好。」

「什麼？」曲風一下子沒反應過來。

「我是說，如果你每次都可以送我來上課，再跟我一起下課，吃晚飯，就好了。」小林嚮往地，「就像小學同學，手拉手地放學回家做功課，你說有多美。」

「小學同學？你才真是越活越小呢。」曲風忽然想起來，「水兒如果不是生病失學，今年也該小學畢業了。」

小林沉默了。水兒，又是水兒。曲風的心裏，竟然滿滿地都是水兒！到底那個小小的病孩子有著什麼樣的魔力，可以讓一個著名花心的大男人鍾情至此？

星期天，小林難得地又重新出現在醫院裏，曲風正和大林在興致勃勃地欣賞水兒的新裝。

水兒醒來後，一直不肯穿醫院的病號服，也不肯再穿以前的娃娃裝，她的著衣品味頗獨特，指定要白色的長裙，線條越簡單越好，質地做工卻要一流。大林很是頭疼，曲風便自告奮勇替她購衣。走在商場裏，他突然想起，丹冰「生前」也是喜歡穿素，簡單點，便按照丹冰的品味來打扮水兒好了。

這一招很是奏效，水兒看到新裝，果然表現出極大的歡喜，立刻換了上身，牽著裙角在母親面前一連轉了幾個鏇子，問：「好看嗎，媽媽？你喜歡嗎，媽媽？」

大林連聲應著：「好看，好看極了。」又忙不迭勸：「好了好了，別再轉了，小心頭暈。」女兒初醒時不肯喊媽媽，後來肯喊了，又特別頻繁，幾乎說每句話都要叫一聲「媽媽」，叫得又糯又軟，彷彿喊「媽媽」是一種難得的享受似的。

水兒已經轉到曲風面前：「曲風，好看嗎？我穿上白裙子，像不像新娘？」

當著大林的面，曲風頗有幾分尷尬，水兒卻渾然不覺，毫無心機地對母親說：「媽媽，我長大後要嫁給曲大哥。你答應嗎，媽媽？曲大哥已經答應了，曲風，你說是不是？」

大林只當她是小女孩胡鬧，隨口說：「答應，有什麼不答應的？我們水兒這麼漂亮的新娘，你曲大哥還會不要嗎？」暗地向曲風擠擠眼。

曲風只好說：「當然，我不會違約的，一定等著你，做個世界上最美的新娘。」

小林就是這個時候推門進來的，一進門就發現了水兒的變化，不禁「喲」地一聲：「你又買新衣服了？這件衣服這麼眼熟，好像誰穿過一件和這差不多的。」

水兒停下旋轉，冷冷地看著她：「你來幹什麼？」

大林忙拉過女兒：「水兒，怎麼這麼沒禮貌？」

水兒賭氣不說話，倚在媽媽身邊。小林不理睬女孩的敵意，對姐姐和曲風宣佈：「我給水兒請了一位堪輿師，約了今天會診，我們現在就去吧。」

「堪輿師？」曲風一時不懂得：「什麼意思？」

「就是風水師傅。這位師傅姓韓，很有名的，五行周易都很精通，又擅長降妖伏魔。我想請他替水兒作法。」

「你把水兒當妖怪？」曲風不滿，「小林，你太荒唐了。」

大林也說：「這怎麼行？妹妹，水兒是你的外甥女兒，你幹嘛裝神弄鬼地嚇她？」

「姐姐，我不是這個意思。」小林安慰：「水兒久病纏身，說不定有什麼妖魔作祟呢。我聽介紹人說，她朋友的朋友有一次得了怪病，醫院怎麼治也治不好，連病因都查不出來，到韓師傅那兒看了一回，說是原來有蛇精盤在他身上，作法驅掉了，這人大吐了幾次，就好了。這種事，寧可信其有，不可信其無，試試也好啊。」

大林便猶豫起來，所謂病急亂投醫，凡是對女兒的病可能有幫助的辦法，當母親的都願意試一試。曲風卻堅決地否定：「不行！我不能讓你做這種事！」

「曲風，這是我們家的事，我姐姐都同意了，你管什麼閒事？」小林不滿起來。

曲風只是堅持著：「無論你怎麼說，這件事我管定了，就是不能讓任何人對水兒不利！」

「讓他來吧。」一直不說話的水兒忽然走過來拉住曲風的手，敵視著小林：「我倒想看看，那姓韓的到底有什麼功力，是不是真能看得出我是誰？」

第十五章

魔高一丈

舞蹈是什麼呢？

當一個人用心跳舞，她便不再是她自己，而只成為一個軀殼，聽從舞蹈的支配。她的心是空靈的，在與天地對話，於空氣間尋找一種平衡。

這空氣也是特殊的，有其顫抖的韻律。

那韻律，來自你的琴聲。

最怕別人伴奏了，常常讓我在排練時完全找不到舞蹈的感覺。就好像在天空中滑翔，時時遇到逆氣流一樣，不能行雲流水，翩躚自如。

你請了一個星期假沒有來，我天天都無精打采的，舞蹈也救不了我。

柴可夫斯基創作了「天鵝湖」的舞曲，可是因為德國編導朱列津格爾的拙劣修改與死板排舞，致使首次演出以失敗告終。

直到柴可夫斯基去逝一周年，彼德堡瑪林斯基劇院首席編導彼季帕同助手依萬諾夫為了紀念這位音樂大師，重新編排「天鵝湖」，這支名劇才大獲成功，流傳千古，不致因為平庸導演的失誤而明珠暗投，永被蒙昧。

想想看，如果不是彼季帕的重演，那將是舞劇史上多麼巨大的損失。

而可憐的柴可夫斯基，竟然未能在自己的有生之年看到「天鵝湖」演出成功，又多麼令人遺憾。

好的音樂不能沒有好的排舞，同樣的，失去你的音樂，我的舞蹈也就沒有了靈魂。

我愛，請彈奏起來吧，讓我的心隨你的琴聲飛舞到天涯。

——摘自阮丹冰《天鵝寄羽》

林家姐妹，曲風和水兒，一行四人來到郊區的一棟樓房，隨小林曲曲折折地上了三樓，敲開一戶人家。

曲風打量著，從外面看，這戶人家同所有的人家並沒有什麼不同，一樣的廉價防盜門，一樣的貓眼和門鈴，然而推開門之後，他卻大吃一驚，看到了一個迥然不同的世界。

這的確是一位道地風水師傅的家。所有的佈置都按照五行八卦的格局來擺設，到處是桃符、寶劍、羅盤針和照妖鏡。而小林口中的那位韓師傅，則是個獐頭鼠目的中年男人，五官分開來看倒也不怎的，可是放在一起，就有種說不出的畏縮，讓人看了不舒服。小眼睛小鬍子，像老鼠；迴避著人的眼睛不肯正面相對，你一回頭，卻發現他在偷窺，那神情也像老鼠；忽然一笑，露出白森森的牙，處處都像鼠。

曲風強抑住心中的反感，和大林一左一右牽著水兒的小手，聽小林在同姓韓的交代來意——來之前分明已經談妥了的，可是當真一家四口上門後，姓韓的卻又吊起來賣，一道符一束香地絮叨著，裝瘋賣傻地討價還價。

水兒忽然罵出一句：「妖道！」

曲風只覺痛快，忍不住莞爾一笑。

小林狼狽地回頭看他們一眼，有些下不來台，對師傅說：「原來說好是一總算錢的，現在你這麼一樣樣計較，哪裏算得過來？要是你不肯，就算了，就當我們白來一趟。」

姓韓的立刻便換了臉面，說：「來都來了，怎麼會不肯呢？這位小妹妹一臉烏氣，印堂發黑，分明是被邪魔纏身，我是學道之人，又怎麼能見死不救呢？算了，當我積德，就便宜一點好了。」敲敲裏屋的門叫出一個蠟黃臉色的女人來，要她幫忙擺道場。

那女人大概是他老婆，一出來立刻湊向男人嘴邊小聲問了兩個字，曲風從口型判斷出，那句話應該是「多少？」男人伸出右手比了個數字。女人便滿意地一笑，狀極委瑣。

曲風只覺作嘔，一分鐘都難以忍耐，對自己竟然答應小林來這裏十分後悔，彎下身對水兒說：「如果你不願意，我立刻帶你走。」

水兒感激地看著他，小手在他手上安慰地拍一拍，傲然地一笑：「道高一尺，魔高一丈。我才不怕他們！」接著，微一蹙眉，又憂傷地說，「其實，我倒真希望他是有道行的，可以替我告訴你我是誰，免得我一直說不出口。」

「什麼？」

曲風一愣，不等還過神來，小林已經過來把水兒拉走了。

道場已經準備好，韓師傅令水兒躺到法桌上，在她身周點滿蠟燭，又分別在東南西北四個方向各放了一隻鏡子、一罈水。他說，這水是顯形水，這鏡是照妖鏡，等一下他施展降魔大法，就可以從鏡子裏看到纏住水兒的妖怪真面目。

小林緊盯著鏡子，內心十分緊張，忍不住雙拳緊握，半張著口，兩眼一瞬不瞬地緊盯著鏡子，生怕錯過了妖怪顯形的好戲。

曲風忍不住諷刺：「你還真以為等下鏡子裏會出現一個青面獠牙的妖怪？」

小林白了他一眼，不說話。

韓師傅念念有詞地作起法來，一會兒喝酒噴火，一會兒化符念咒，一會兒又舞動桃木劍做出種種劈刺姿勢來。曲風十分不耐，覺得這些和港片裏看到的驅魔鏡頭沒什麼兩樣，卻又沒有電影好看。加之房間裏沒有空調，又不開窗子，卻到處是火，早已將他熱出一身大汗，低聲抱怨：「這樣熱，也不知水兒受得了受不了？」

水兒分明已經有些受不住，卻硬忍著，額上滲出大滴的汗，順鬢角流向髮際。她側過臉，看燭光搖曳將她的影子斜斜地投在幕布上，忽而拉長，忽而扭曲，不由牽動嘴角，露出一個巫巫的笑。

那種堅忍與傲慢讓曲風衷心痛切，忍不住又拉小林一把：「可以了吧？你到底要幹什麼？」

小林咬著嘴唇，只是不睬。曲風無奈，雙手握拳，忍得額上的青筋都爆起來。

水兒漸漸不支，沒完沒了的儀式和無邊無際的炎熱使她恍惚，漸漸迷離，喃喃著：「好大的火，是牛魔王的火又燒起來了嗎？我想飛走，想飛走……」

韓師傅繞屋疾走的步子忽然一定，大喝一聲：「咄！」拔劍刺向鏡子，鏡子立刻碎裂了，濺了水兒一身。大林忍不住「哎呀」一聲，曲風早已衝過去抱起水兒，問：「傷到你沒有？」

水兒軟軟地伏在曲風肩頭，問他：「你看到什麼了嗎？」

小林也迎上來，問師傅：「怎麼樣？」

韓師傅拭著汗說：「我已經看到妖怪顯形了，是個女鬼纏住了她。」

「女鬼？」小林望向另外三面鏡子，「怎麼我沒有看到？」

「你是肉眼凡胎，當然看不見。可是憑她什麼妖魔鬼怪，怎麼逃得過我這雙法眼呢？剛才，我已經清清楚楚地從鏡子裏看到了一個吊死鬼，就是這個女鬼纏著你外甥，現在我已經把鬼驅走了，她很快就會好的。」

水兒已經渾身汗透，奄奄一息，臉上又是淚又是汗，白得一絲血色也沒有，並且因爲病痛而扭曲，卻仍硬撐著罵了一句：「胡說八道。」

小林也深覺失望，韓師傅的結論和她的想像大相徑庭，分明一派胡言。什麼吊死鬼？什麼照妖鏡？一點證據沒有，全憑他一個人自圓其說，是否捉了鬼，誰知道？至此，她也有些後悔自己的孟浪了。

這時，大林忽然驚呼一聲：「呀，水兒，你怎麼這麼燙？是不是發燒了？」

小林立刻抓住韓師傅的道袍：「你不是說驅鬼治病嗎？怎麼反而把我外甥女兒弄暈了？」

「這是正常現象嘛。她身上的妖氣被除盡了，當然要睡一下子，醒來就好了……」

曲風再也聽不進他的胡說八道，大聲說：「還囉嗦什麼？我們趕緊回醫院！」

水兒回到醫院，立刻被送進急診室。

林爸林媽和姐夫都趕來了，問明發病原因，對小林十分生氣，紛紛指責：「你怎麼能做出這麼荒唐的事？水兒身體那麼弱，哪裏抗得住這麼折騰？這麼熱的天，就是個健康人也受不了，何況是她？」又罵大林，「你妹妹不懂事，你也不懂事？你是水兒的媽，怎麼能看著女兒往火坑裏送？」

大林悔得腸子都青了，哭著自責：「是我錯，我該死！我哪裏想到會這樣呢？妹妹說替水兒驅驅魔，把病根兒除了，說不定水兒就好了，怎麼會想到她會被熱得發病呢？」

大林的丈夫不聽則已，一聽更是火冒三丈，指著大林叫起來：「你怎麼會這麼渾？竟然相信驅魔這種鬼話？水兒剛好了沒幾天，你這麼折騰她！我告訴你，要是女兒有個三長兩短，我跟你沒完！」

任憑家人吵得翻天，小林只是一言不發。她在心底不住祈禱著：水兒，你可千萬不要出事，一定要好好地從裏面出來。你要是有個三長兩短，阿姨會被全家人罵死的。

到了這時候，她也已經明白韓師傅的一番鬼話完全是騙人的了，可是心底裏仍然抱著一線希望，也許是真的呢？說不定水兒真是睡一下子，從此就徹底好了呢？到那時，家人就不會再怨自己了。不但不會怨自己，感謝自己都還來不及呢。她偷眼看一眼曲風，見他雙眉緊蹙，臉色鐵青，心裏更是打翻瓶架，五味雜陳。

人們等待著，彷彿等了有一個世紀那麼長，終於，醫生從急診室裏出來了，摘下口罩，先長長歎了口氣。

大林迎上去，急切地問：「大夫，我女兒怎麼樣？」

「暫時沒事，不過，我們診斷出，她的癌細胞已經擴散……」

一語未了，大林已經仰面便倒，甚至沒來得及聽到醫生後來的話就暈了過去。

醫生後面說的是：「大概就是今年秋天了，你們，還是準備一下吧。」這句話說出，連林家父母也堅持不住，立刻痛哭起來。

曲風只覺得腦子「嗡」一下，忽然變得空空的。「癌細胞」、「擴散」、「秋天」、「準備」……這些個詞把他所有的希望都打散了，還想要等水兒長大呢，還同她有著一個十年之約呢，就在今天早晨，就在幾個小時前，水兒才說過要快一點長大，要嫁給她，要做他的新娘。言猶在耳，可是誓約已經不攻自破，醫生的話毀滅了所有的期待，他們沒有未來，沒有約會，沒有期盼和等待。他們有的，只是眼前短短的幾天。什麼葛蓓莉婭，什麼珍妮的畫像，他全不管，他不管水兒的身體裏到底是誰的靈魂，也不管是不是要等她十年，他只要她醒來，好好地長大，健康地活著，然後，十年之後，做他的新娘！可是現在，現在，還有什麼希望呢……

小林哭得跪倒在地上，拚命打著自己的頭，發瘋地說：「是我不好，都是我，都是我害了她！我幹嘛要跟她過不去？幹嘛帶她去見什麼鬼師傅……」她猛地站起來，往外就跑。

曲風連忙拉住：「小林，你去哪兒？」

「我去找那個風水師傅算帳！我要殺了他！」小林瘋狂地叫著，在曲風的懷中掙扎扭動著。

曲風死死地拉住她：「有什麼用呢？你殺了他，就能救得回水兒嗎？」

「曲風……」小林倒在曲風懷中，大哭起來。如果做錯了事可以修改，她真是寧可替水兒承受一切痛苦，現在，大錯鑄成，讓她如何有臉再面對姐姐和家人呀！

曲風的心中，也是無限酸楚，卻仍然殘存著最後的理智。他知道，現在林家一家人都被噩耗打倒了，如果他再不站出來說話，小林會把自己逼死的。他緊緊地抱著小林，酸楚地安慰著，「小林，不要太自責了，去看風水師傅，只是個契因，水兒發病，是因爲癌細胞擴散，驅不驅魔都一樣的。我們現在能做的，只是讓她在走之前的這些日子，儘量過得開心一些……」

水兒的病終於宣告無治。曲風向團裏請了長假，陪伴水兒度過最後的時光。

在此之前，如果說他對於自己竟然愛上小女孩還有許多遲疑自責的話，那麼此時，他早已不再在意別人的眼光，而明白坦誠地向所有人承認了自己的愛。

爲此，林家人特意召開了一次家庭會議。林爸林媽覺得曲風此舉太超乎常理，而他表現出來的那種錐心之痛也未免逾分了些。他們說：「一個二十多歲的大男人，怎麼會同一個小女孩攪在一起呢？他們之間的感情看起來太奇怪，太不正常了。以前他偶爾來醫院探病還沒什麼，畢竟，他是小林的男朋友，關心女友的親戚也是應該的。可是現在鬧到要專門請假長陪，就未免太出格了。水兒住院，自有我們一家人照顧，用不著他一個外人來陪護吧？我們是不是該跟他談談，要他以後不要再和水兒走得這麼近？」

姐夫也說：「水兒這回醒來，對曲風比對我這個當爸的還親呢。每次叫爸爸都叫得忸忸怩怩地，別說抱了，連手都不讓我碰。可是跟曲風在一起，卻親熱得不得了，簡直一時半刻也不願分開呢。我早就覺得怪了，要不是你們今天說出來，我還不想理會，但是既然大家都覺得不合適，這話我也就明說了。水兒是小孩子，不懂事，可是曲風是大人，應該知道分寸，同小女孩這麼摟摟抱抱的，到底看著不雅，現在鬧到要陪護，就更不像了，依我說，明天就讓他回單位，好好上班去，做什麼特別護士，咱們家又不是沒人。」

大林卻不同意，擰著眉說：「我也覺得有點怪，可是水兒自從上次醒來，就只喜歡同她這個從天而降的曲大哥在一起，我這當媽的，實在不忍心剝奪她生命中最後的快樂。她已經沒有多少日子了，何必還用什麼合不合規矩的大道理來要求她呢？」

姐夫搖頭：「依你這麼說，就因爲憐惜她生病，就由得她胡來了？」

「水兒不會胡來。」大林堅定地說：「水兒很懂事，她心裏，比普通女孩子明理得多，甚至比我們這些大人還懂得感情。記得她上次剛醒來不久，問過我，後不後悔生下她？我說不後悔，雖然我看不到她長大，看不到她結婚生子，爲我們養老送終，可是，她仍然是個好女兒，我不後悔有她，爲她受再多苦也不後悔。她就勸我說，媽，我們能做母女，我愛過你，你愛過我，這就足夠了，我沒有白來一趟，你也沒有白疼我一趟。相聚多一天少一天，又有什麼不同呢？只要有愛，怎麼樣的人生都是幸福美好的。這樣懂事的女兒，怎麼會做壞事胡來呢？」

水兒和大林的談話，大家還是第一次聽到，都不禁又感動又震撼，一時說不出話來。

許久，是小林先開口：「爸，媽，姐姐，姐夫，我跟你們說，水兒的內心，確實已經是個大女孩，已經懂得感情，也懂得愛。她和曲風之間，便是一種不同尋常的感情，甚至可以說，是愛情。」

「愛情？」這個詞，是可意會而不可言傳的，一旦明白地用語言說了出來，所有人都為之一震，又是尷尬又是驚疑，呆呆地看著小林。

小林深吸一口氣，平靜地說：「你們很不習慣這個詞是嗎？『愛情』！對一個二十多歲的男人和一個十二歲的小女孩來說，聽起來確實有些不合常理。可是感情這種事，本來就是沒有道理可講的。只要曲風是真心愛水兒，水兒也只有和曲風在一起才開心，那麼，他們反正也不會做出什麼壞事來，我們又何必阻止呢？再說，就像曲風說的，水兒的日子不多了，我們應該在她走之前，讓她儘量過得開心一點。她的時間也許只有一個月，也許只有一星期，甚至也許，只剩下最後幾天，我們既然沒有辦法延長她的生命，就只能儘量在這最後的日子裏多給她一點快樂，如果她認為只有同曲風在一起才是快樂的，我們為什麼不能滿足她呢？」

林媽媽愣了愣，輪流看著自己的兩個女兒，最後說：「這件事，我總是覺得不妥，不過，既然你們倆都這麼說，我們又有什麼好說的？可我還是想不通……」

她的目光最後定在小女兒臉上，疑惑地問：「曲風不是你的男朋友嗎？你也不在乎他對水兒的這種特殊感情？甚至，就像你說的，愛情？如果他和水兒之間竟然會有愛情，那跟你又算怎麼回事，你連這也不在乎？」

「我不在乎。」小林堅定地說，「我對不起水兒，拉她去見什麼鬼道士，才引起她這次發病。如果能做什麼來補償，我什麼都不在乎，又怎麼會同她計較曲風的感情呢？」

林爸點點頭，望向大林的丈夫：「你是水兒的爸爸，你怎麼說？」

就在這時，門鈴響了，來客，正是曲風！

第十六章

荷花落

所有的舞中，我最喜歡「飛天」。

我喜歡飛天裏那種虛無縹緲的神韻，那種如夢如醉的雍容，不帶一點兒心機，不染一絲紅塵，翩然飛起，乘風歸去。

死亡也是那樣的一個過程吧？

今天劇團的女孩子們玩一個遊戲，互相問：如果死，你願意選擇怎樣的死法？

我說，我要死在長白山天池裏，因為，那裏最冷，最清淨，最接近天堂。

我沒有說真話。

真話是，我想，舞至心竭，死在你的懷裏。

——摘自阮丹冰《天鵝寄羽》

到了荷花殘的時候，所有的人都明白：水兒要走了，她在人間待不長了。

而水兒自從再次醒來，就沒有笑過。並且，她開始常常談論死亡。有一天，她對曲風說：「曲風，我一直都希望，如果要死，可以死在你的懷中……」

「水兒，不要再說了！你會好起來……」曲風說了一半，便說不下去了。他自己也知道，這句話有多麼蒼白。

水兒深深歎息：「爲什麼老天這樣捉弄我？把我生成一個十二歲的小女孩還不夠，還要讓我得絕症。我本來以爲，雖然太小，可是總有長大的一天，我可以等，等到十年之後，嫁給你。現在，什麼都沒有了。曲風，我們沒希望了，我就要死了……」她痛哭起來。

曲風更是肝腸寸斷，抱緊水兒，不知該怎樣安慰才好。是盛夏，可是女孩的眼神，卻冰冷而荒涼。是的，那種萬念俱灰的神情，正是小林說的那個詞：荒涼，荒涼得幾千里不見人煙。甚至，她的身體也在輕輕地發著抖，似乎不勝寒瑟。

她望著曲風，纏綿地不捨地望著，半晌，輕輕問：「曲風，告訴我，你喜歡小林嗎？」

「小林？」曲風一愣，淚眼朦朧地望著水兒，不明所以，「我和她，只是朋友。」

「她對你，可不這麼想。」水兒苦笑，「她一直把我當對手，我也一直很討厭她，可是我死之後，就再也沒本事和她爭你了……」

「水兒……」

「曲風，我雖然討厭她，可是我看得出來，她是真心愛你……如果……我死之後，如果你覺得孤單……就娶了小林吧。」

「水兒！」曲風輕輕掩住她的嘴，「不要再說這些沒意思的話，我答應過你，要等你長大。你的病一定會好的，我誰也不娶，就等你長大。水兒，你是我唯一的新娘！」

水兒，你是我唯一的新娘。當這句話脫口而出時，曲風的心中，忽然有了一個主意——娶她，現在就娶她，和她舉行婚禮！

「舉行婚禮？」林家人彷彿聽到天底下最荒謬的傻話，荒謬得讓他們簡直懷疑自己聽錯了。林媽媽吃吃艾艾地問：「曲風，你剛才，是在說婚禮嗎？」

「是的！」曲風堅定地站在林家的客廳中央，承受著眾人驚訝至極的目光，重重點頭，「我知道，你們一定覺得我怪，和水兒之間有點不正常。我不想解釋什麼，因爲我自己也不明白，怎麼會對一個小女孩這麼關心，關心到幾乎違背我本來個性的程度。我來，只是想請你們替我和水兒舉行婚禮。水兒一直說希望長大了可以做我的新娘，我也答應過她，會等她長大。可是現在……」

他低下頭，蕭索地歎了口氣，「你們都明白，已經不可能有那一天了，所以，我希望能在水兒走之前，滿足她這個願望，給她一個婚禮……」

「可是水兒不滿結婚年齡呀。」林媽媽愣愣地說。

小林卻已經聽明白了，替曲風向大家解釋：「我想，曲風的意思並不是說要真正領證結婚，而只是舉行婚禮。就是說，我們一家人，舉行個小小的儀式，讓水兒在走之前完成心願。」

大林率先明白過來：「你是說，讓我們陪著水兒演一場戲？」

大林的丈夫皺著眉說：「這太荒唐了，跟過家家有什麼不同？一群大人，做些孩子遊戲，虧你們想得出來！傳出去會被人笑死的。」

「爲什麼荒唐？只要他們之間真正有愛情，怎麼不可以結婚？」說話的是小林，她看著自己的家人，誠懇地，熱切地說：「現代人都不再談愛情了，認爲這是只有小說和電影裏才有的故事。在現實生活中，我們談『婚姻』，主要是談『條件』，雙方的工作怎麼樣，家庭怎麼樣，各種條件是不是般配。如果般配，我們就認爲他們是相愛的；不般配，便當作怨偶。可是曲風和水兒，他們什麼條件也沒有，甚至最起碼的，連年齡都不相當，不要說『條件』，他們甚至根本沒有『資格』來談愛情。可是，他們還是相愛了，而且，愛得很深也很真。爸，媽，如果你試過注意他們彼此凝望的眼睛，你就會發現，什麼是真正的愛情，什麼是兩情相許，什麼是心心相印。在這以前，我一直以爲我是愛曲風的，可是，看到水兒我才知道，我的愛是那麼庸俗、世故、不值一提，所以，我才會輸給一個小女孩，十二歲的、連戀愛資格都沒有的小女孩。但是，我輸得心服口服。因爲，我的確做不到她與曲風之間的那種相知相許。所以，如果他們結婚，我會舉雙手贊成，而且，給予最真誠的祝福。」

這番話，把所有的人都感動了，曲風更是喜出望外，忍不住說：「小林！你真是我的知己！」

小林的心忍不住一陣刺痛，他終於承認她是他的知己了，因爲她贊成他與另一個人的婚禮。這「知己」的稱號，得來何之不易，可是，卻只是一個「安慰獎」啊。

最後爲這次討論下結論的人是大林，她哀懇地望著家人，充滿感情地說：「妹妹說得對，我們應該祝福他們。何況，就算荒唐，只要水兒高興，我也願意陪她做遊戲、過家家。這孩子，從小就多病，總共也沒有過過幾天開心的日子，就算做遊戲吧，她也沒機會像別的孩子那樣盡情地玩過什麼遊戲，現在，她的命已經只剩下最後幾天了，當媽的爲她做什麼都願意，還會在乎陪她玩一次過家家嗎？」

大林的話，說得林媽媽忍不住老淚縱橫，大林的丈夫也低下了頭，說：「既然這樣，我們就好好給她準備一個婚禮吧。」

不料，當這個婚禮的消息宣佈出來，最反對的人竟然是水兒。

她嚴肅地看著大家，小臉繃得緊緊地，一字一句地說：「我不要做這個遊戲，毫無意義。既然我沒有機會長大，做曲風真正的妻子，舉行個儀式又有什麼用呢？何況，又是以水兒的身分來換取這個名份。」

她的話出乎所有人的意料，忍不住追問：「你不是一直想嫁給曲風嗎？爲什麼又不同意結婚呢？」

水兒臉上又現出那種熟悉的荒涼意味，歎息說：「你們不會明白的。如果我有將來，可以一切都不在乎，無論我是不是我自己，只要能夠真正陪在曲風的身邊也就夠了。可是既然是場遊戲，那麼這個名份，對我已經沒有任何意義。」

沒有人可以聽得懂她的話，但是大家都憐惜地想：這孩子的日子不多了，已經在說胡話，她自己大概也不明白自己在說什麼吧？

水兒抬起頭來，看著大林：「媽媽，無論怎樣，你肯答應這個婚禮，我已經很感謝您了。你是世界上最偉大的母親，最懂得感情的母親。是您讓我真的懂了那句歌：有媽的孩子像塊寶。我真希望，真希望再多做幾年你的女兒，可惜，我沒這個福份了……」

大林忍不住又哭起來，抱著女兒說：「水兒，只要你高興，媽做什麼都願意，只要你不離開媽媽……」

水兒伸出手去，溫柔地拭去母親的眼淚，哀哀地說：「媽媽，對不起，我不得不離開你，我不能讓你看到我長大，上大學，畢業，工作，結婚，我只能陪你這麼短的日子，還讓你這樣為我操心……」

「我不後悔，孩子，真的，媽一點也不怨你，能有你這樣的女兒，能陪你這十幾年，媽已經很高興，很高興了，真的！」大林哭著，將女兒抱得越來越緊，好像怕人把她從她懷裏搶走。

水兒掙脫開母親的懷抱，要求著：「真的嗎？媽媽，如果你真的爲了有我而高興，笑一笑，好不好？讓我看看你的笑。」

大林望著女兒，後者用那樣熱切的眼神渴求著她，她忍不住，淚流得更凶了，卻在淚水暢流中，苦苦地微笑。

「媽媽，你的笑容真美。」水兒誠心誠意地說，「答應我，以後常常這樣笑好嗎？如果我死了，別爲我哭，別爲我傷心，不然，我也會很傷心的。」

大林重重點頭，可是，她的淚，卻仍然無休無止地流淌下來。所有人震撼地看著她那個帶淚的笑容，彷彿看到受難的聖母瑪麗亞。

水兒不忍心再看下去，轉過頭微弱地說：「媽媽，我求你一件事，我想曲風陪我去再看一次荷花，你答應嗎？」

大林爲難：「你身體這麼弱，要是再吹了風……」可是轉念想到這很可能是她今生今世最後一次看荷花了，拒絕的話就再也說不出口，低頭半晌，終於說，「好吧，曲風，你就陪她去轉轉吧，可得快些回來。」

曲風答應著，將水兒抱到輪椅上。他發現她的身體變得很輕很輕，不像一個十二歲的女孩子，倒像一隻鳥——那隻放飛了的天鵝。

清風習習，荷花荷葉的清香陣陣傳來，沁人心脾。曲風推著輪椅，陪水兒走在荷花池邊，指點著田田荷葉中最美最挺拔的一支玉色荷花給她看，水兒說：「看荷花在風裏跳舞。」

曲風笑著，遺憾地說：「可惜沒有帶笛子來，不然爲荷花仙子伴奏一曲。」他給她背起一首首詠荷花的詩：「接天蓮葉無窮碧，映日荷花別樣紅。」「小荷才露尖尖角，早有蜻蜓立上頭。」「菡萏香銷翠葉殘」「留得殘荷聽雨聲」「無情有恨何人覺」……

背到這一句時，水兒停下來，若有所思地，一遍遍念著：「無情有恨何人覺……」她忽然握住曲風的手，眼中露出突如其來的狂熱和痛苦，喑啞地說：「曲風，你到現在都不知道我是誰嗎？」

曲風愣了愣：「我當然知道你是誰。你是水兒啊，怎麼了？」但是他接著自以爲明白過來，「水兒，你是不是怕我把你給忘了。不會的，我永遠都不會忘記你。永遠不會忘記你在我身邊的這段日子。每個人都以爲是我在陪你，照顧你，其實，他們不知道，這段日子，是你在陪伴我，照顧我，安慰我，幫助我。水兒，我真是不能失去你。」

他忽然想起那隻天鵝，天鵝給他的感覺，也是這樣的，一直以爲天鵝在依賴他，直到失去之後，才知道，其實他一直在依賴著這種被依賴的感情。這一刻，他望著水兒，再也分不清她是一個女孩還是一隻天鵝。

「如果你知道我是誰，也許你就不會對我這樣好了，不會對我說愛了。」水兒憂傷地緩緩地搖著頭，仍然一遍遍堅持著。

曲風蹲下來，蹲在她的輪椅邊，握住她的手，耐心地，認真地，鄭重地起誓：「不論你是誰，水兒，不論你變成什麼樣子，只要你是水兒，我都會深深愛你。」

「如果我告訴你，我是那隻天鵝變的，你還會仍然愛我嗎？」

「天鵝變的？」曲風心裏一動，但是接著，他肯定地回答：「會。」

「那如果我是另一個人的化身呢？」

「另一個人？是誰？」

「你別問，你只要告訴我，你還會不會繼續愛我呢？」

「會。不論你是誰，只要你是水兒，我就會一樣地深愛你。」曲風更加堅定地回答。

水兒似乎放心了，又似乎有些失望，她皺著眉，迷茫地說：「可是，你愛的究竟是水兒呢，還是我呢？」

「怎麼？你不就是水兒嗎？水兒不就是你嗎？」

「不，不是的，曲風，你不明白。」水兒似乎很煩躁，她看著曲風，眼神痛苦糾纏，好像有許多話要說，卻又躊躇。最後，她放棄地歎息了：「我真恨透了這個身體，這樣年幼，這樣虛弱，就算我借她得到了你的愛又怎麼樣呢？我的時間已經不多了，我已經沒有機會盡情地愛你。」

「你給我的愛已經很多，很多。」曲風忽然真情流露，在這一刻再也不顧忌年齡的差別，不在乎倫理的壓抑，明白地說出他的所思所想，「水兒，雖然你只有十二歲，可是你比任何一個成熟的女子都更懂得愛，也更值得愛。我不會嫌你小，更不會嫌你病，水兒，我等著你，等你康復，等你長大，到你長到二十一歲的時候，如果那時候你不嫌棄曲大哥太老了，你就……」

他沒有把話說完，忽然大叫起來：「水兒，水兒，你怎麼樣？」

水兒倒在輪椅裏，已經昏迷不醒。

急診室外，小林姐妹倆焦慮地徘徊，不住地流著淚。水兒的再次發病無疑是宣佈了她的死期，她們都知道，從現在起，水兒的時間要用分鐘來計算了。

曲風揪著自己的頭髮，幾乎要發瘋，他實在無法忍受這空虛的等待，跑到街上去將整條街所有花店裏的荷花全都買了來，抱回醫院等待水兒醒來。

水兒醒的時候，已經是下午。吃了些醫生餵的流食，就又睡了。小林陪著姐姐守在病床旁，默默地發呆，難得交流一句。有什麼可說的呢？時間一點一滴地過去，就彷彿水兒的生命在沙漏中一點一滴地流逝。

曲風將荷花插遍病房每個角落。這樣，當水兒醒來的時候，就會看到整個荷塘。

小林看著他忙碌著，覺得他在這一刻離自己好近又好遠，可望而不可及似的。她的心中充滿了無力感。對生命，對愛情，同樣地無力而無奈。

黃昏時分，水兒醒了，精神似乎又好了些，看到佈滿病房的荷花，輕輕吟誦：「無情有恨何人覺。」她轉頭在人群中尋找著曲風，露出一個虛弱的笑，問他：「是你送的？」

曲風點頭，只覺喉頭哽咽，一時說不出話來。

水兒又四下望了望，對每一個人溫婉地點頭，微笑，最後眼光定在大林臉上，軟軟地叫：「媽媽……」

大林的淚立刻直湧出來，衝上去抱住水兒大哭起來。

水兒不滿地搖頭，央求著：「媽媽，你答應過我不再哭的，你要笑，多多地笑，好嗎？讓我記住你的笑容吧。」

大林艱難地苦笑了一下，卻是比哭更加淒慘的。小小的水兒像一個十足的大人那樣長長歎了一口氣，誠心誠意地說：「媽媽，我們相聚的時間這麼短，可是我真心覺得幸福。因爲我終於體會到了，天底下最溫柔的母愛。謝謝你，讓我這樣充裕地被愛著。我不會怨恨，您也不要難過了，好嗎？」停一下，又說：「媽媽，讓我和曲大哥單獨待會兒行嗎？我想和他說幾句話。」

大林不捨地看看女兒，又看看曲風，她完全聽不明白女兒的話，卻終究卻不過女兒眼中那哀求的意味，點點頭在小林的攙扶下走了出去。

病房裏只剩下曲風和水兒兩個，曲風握著她的手，只覺心裏有一萬句話要說，卻不知道該從何說起。這只是個十二歲的小孩子呀，如何她的離去竟像是剜他的心一樣疼痛。在這短短的幾個月中，他彷彿並不是在照顧一個垂危的病孩子，倒像是經歷了一生中最爲驚心動魄的一段愛情。

他不知道，這的確是一次刻骨銘心的愛情，而且，不知是丹冰魂輾轉流離，重複了第幾生第幾世的愛情！

丹冰的靈魂借著水兒的眼睛癡癡地望著曲風。哦，又是一世了。

第一次，她化身天鵝陪伴於他左右，卻爲了救他於火場再次喪生；這一次，她借了女孩的身體轉世還魂，可是，這個軀殼太軟弱了，完全無以盛載那樣強大的愛情。況且，生死自有定數，縱使她的精神可以使她拖延死期，卻終究不能逆轉天數。她不過是借助女孩的身體再做了一世人，而女孩，也不過是借了她的靈魂多活了幾天，她們之間，不知道是誰幫了誰，誰欠了誰。

不知道多少次，她想大膽地對他說出她的前世，她的真身，可是，話到嘴邊，終究情怯。他能夠相信那樣荒誕的還魂異說嗎？他不錯是愛上了水兒，但是否就等於愛上了丹冰呢？而且，她的時間並不久長，就算讓他相信她就是阮丹冰，她又來得及與他好好愛一次嗎？他答應要等她康復，等她長大，可是她知道，水兒是再也沒有機會長大的了，她的壽命只有十二歲這麼多，她與曲風的緣份也只有一個夏天這麼長，再多一天，也是不能的了。這樣的生離死別，又何必讓他知道她不僅是水兒，還同時是阮丹冰，再多添一重哀痛呢？

可是，終究不能讓他知道自己的真愛，卻又令她多麼地不甘心！一顆成熟的心靈裹在小女孩的病弱的身體裏，她不知道與自己掙扎得有多苦。如今，這份掙扎就要結束了，這短短的重逢就要結束了，不知道這次離去之後，還有沒有機會可以再度重來，可以再見到他，聽到他，向他表白自己的愛。

她向上蒼祈禱：如果老天憐惜我一片真情，請幫助我，延續我的生命，讓我再一次看到他，告訴他，我的愛！

她望著他，那樣留戀地無限哀痛地望著他，那眼神刺進他心中，一生一世都拔不出。她聲音細若遊絲，輕輕歎息：「曲風，我們兩個，都是孤兒啊。我死之後，你可怎麼辦呢？要不，你就娶了小林吧，她會照顧你的。」

曲風已經不能分析水兒的語病，忍不住哭出聲來：「水兒，不要離開我，我不知道沒有你之後，我該怎麼辦？我已經不能失去你……」他哭著，在無人旁觀的時刻，再也無法掩飾他的傷痛和無助。

水兒搖著頭，淒慘地笑，艱難地卻是清晰地一字一句地告訴他：「曲風，不要害怕我的死亡。死亡的只是身體，有什麼好哭的呢？這個身體太礙事了，它阻礙了我的靈魂，讓我不能盡興地愛你。當我的身體死亡，我的靈魂就自由了。那時候，我會再回來找你。」

曲風哭著，淚流得更暢快了，完全聽不懂她的話，可是，卻深深記住了那句「當我的身體死亡，我的靈魂就自由了」。這是他們之間的暗號吧？她說過會回來找他，他等待著，相信她一定會踐約。水兒在他的掌握中，顯得這樣柔弱，這樣嬌小，又這樣地虛無縹緲，彷彿會隨時化煙散去一樣。他看著她，無限哀傷：「水兒，聽我說，如果人真有來生轉世，下輩子遇到你時，別再這麼小，讓我苦等。我要你和我差不多年齡，而且，我們要早一點認識，在幼兒班的時候就認識，然後一起上學，放學，工作，下班，直到，我娶你做新娘。」

「做新娘。」她笑了，蒼白的臉上忽然掠過一抹奇異的紅暈，眼中精光大盛，「曲風，你聽到沒有？」

「什麼？」

「鋼琴聲。」水兒凝神，「有鋼琴聲，好美的琴聲，就像舉行婚禮時教堂裏的風琴。曲風，我多麼想有那一天，穿上白色的婚紗，做你的新娘。曲風，你要等著我，我會回來……找你……」她的聲音弱下去，眼光漸漸渙散，卻仍然撐著要把那未了的心願說完——「找你……做你的……新娘……」

她的手從他的手掌中垂落下來，帶著那樣一個淒迷的笑容，化為天地間最美的定格。

曲風抱著她，只覺頭腦裏空空地，沒有思想也沒有傷痛，有的，只是無邊無際的蒼茫。他抱著她，緊緊地抱著她，感覺到她小小的身體在自己的懷抱裏一點點變冷，而他自己，已經化作了鹽柱，不語也不動，一顆心，就這樣隨她而去，一起飄蕩在空中……

當小林扶著姐姐推開門再次走進的時候，所看到的，就是這樣一副雕塑般的姿態，頓時，她們明白那可怕的事終於發生了，不禁大哭起來。淒慘的哭聲充滿了荷花盛開的病房，連花也在瞬間低下了頭……

第十七章

睡美人

我跟你說過我對你不是一見鍾情是嗎？

（不，不是當面對你說的，是在信裏——當然，那些信也從沒有寄出過，就像這封信一樣。）

可是我卻清楚地記得，第一次見你的情形。

記得很清，忘不了。

那是夏末的黃昏，我剛剛洗過澡，從公共浴池出來，濕漉漉地被你攔著問路。你的身形那麼高大，背對陽光站在院門口，語氣生硬而不馴，像個強盜。

在你面前，我變得渺小，渺小而無助。所以才要和你對著幹，才不肯被你的氣勢壓倒。

可是抗拒的同時，又不能不對你好奇，而且，你的樣子一次次浮現在記憶中，並不因年月日久而褪色，反因為太多次回想打磨只會更清晰。

那記憶，憂傷而濕潤，帶著夏日黃昏特有的蒼茫。

一直都記得，一直一直，忘不了。

——摘自阮丹冰《天鵝寄羽》

夜風如剪，阿彤在月光下彈琴。

這首「給愛麗絲」已經練了幾千幾百遍了，可是教授始終說她的琴聲裏缺乏感情。下個月就要舉行全國鋼琴大賽，她的練習卻是心有餘而力不足，停滯不前了。

教授苦口婆心地啓發她：「你要用心來彈，要彈出那種愛的情緒，花紅柳綠，鳥語鶯飛，要有一種纏綿的感覺。這不僅是一首曲子，還同時是一封信，是一封情書，他表現出作曲家對情人那濃郁的思念，更表現出他對愛情生活的嚮往和美好描繪，那是一個色彩繽紛的美麗新世界……」

說到「色彩繽紛」的時候，老師停住了，代以兩聲咳嗽。阿彤知道，那是老師在內疚，覺得自己的話刺傷了她。其實，她哪裏會在意呢？從小她就是盲的，被人「瞎子瞎子」地叫慣了，早已不會因爲一兩個敏感字眼而刺傷。她的苦惱，只在於自己的琴藝不能提高。

已經兩年了，兩年前她已經是出名的才女鋼琴師，可是這兩年來，她的技藝一直停頓不前，再也沒有進步過。老師說，這是因爲她的彈奏缺乏感情的緣故。看不見不要緊，如果她有了愛的經驗愛的感覺，並且勘透愛的真諦，那就等於爲她開了一雙天眼，會令琴藝突飛猛進的。可是，她又從何處去瞭解愛的感覺呢？

老師用了一大堆的形容詞，說什麼「愛是美好的，像春天一樣美麗，陽光一樣燦爛，白雲一樣輕盈，花的容顏一樣稍縱即逝……」

然而，她並不知道春天除了比夏天涼爽比冬天溫和之外，還有什麼美麗之處，而陽光又是如何燦爛，白雲是何般輕盈，更不要提什麼花朵的容顏了。她的世界，只是一片黑暗，沒有色彩，也沒有光。

她並不是不懂得感情，孤兒院院長的恩情，老師和同學的友情，以及她對鋼琴音樂的熱愛之情，都是她的寶藏。可是，至於愛情，她就無從推測了。

她沒有戀愛過，也沒有太多與男人打交道的經驗，無論如何也想像不出什麼是「纏綿」，什麼是「濃郁的思念」，而又什麼是「對愛情生活的美好描繪」。她只有機械地、無奈地、徒勞地一遍又一遍地彈琴，苦苦地想從中尋出一個愛的答案。秋風細細，星語如歌，她一邊彈著，一邊在心裏祈願：如果，如果可以瞭解什麼是愛，我願意付出我的一切去交換。

夜是這樣漫長無邊。可是，對於一個盲人而言，夜與日的交替又有什麼意義呢？或許還是有的。夜裏比白天更安靜，沒有那麼嘈雜的市聲，也沒有那麼躁熱的浮塵，連空氣也清新許多，微風裏會送來花香與鳥鳴。

忽然間，依稀聽到一聲天鵝的鳴唳，迴響於雲霄間。阿彤停止了彈奏，來到窗邊，凝神諦聽，心底彷彿有什麼久遠的記憶被柔柔地觸動了，幾分辛酸，幾分苦澀，幾分愴惻，幾分纏綿。是的，纏綿，纏綿就是這樣的感覺嗎？這就是教授所說的纏綿？

廣袤的星空下，盲女的眼睛是不會閃亮的星星，她的心裏卻像是有野火花次第開放般，熱烈而炫爛。她對著夜空起誓：「如果可以，我願意交出我的靈魂，去換取一次愛的體驗。」

她看不到，在她話音初落之際，一顆彗星拖著長長的尾悠然飛過天際，電光石火之間，遊離的丹冰魂恰恰飛過窗前，倏地進入了盲女的身體……

奶奶打開門，看到一位盲女站在門前，不禁愣了一愣：「姑娘，你找誰？」

「我叫阿彤。」丹冰借著阿彤的口說，強忍住撲到奶奶懷中大哭一場的衝動。再次聽到奶奶的聲音，她的心是多麼激動哦，可是，她卻「看」不到她。她該怎麼告訴她自己的身分呢？說自己是還魂再來的阮丹冰，來找回自己的肉身嗎？那不要嚇壞了老人家？魂離肉身，這是只有在聊齋故事中才會發生的奇遇，怎樣說給世人聽？

她努力地維持著平靜，按照事先想好的藉口念台詞一樣地背出來：「奶奶，你好。我叫阿彤，是鋼琴老師。我的一個學生和阮丹冰是好朋友，她告訴我，丹冰喜歡聽人彈琴。所以，我想上門來做義工。」

於是，她「見」到了自己。

當她一步步走上樓來，走進自己的房間，走向真正的自己，丹冰的心，狂跳至幾欲迸出。

多麼突兀，一個自己走向另一個自己，她的兩個自我即將握手。這一刻，她反而慶幸自己借魂於盲人了，否則，面對面地親眼看到自己睡著的樣子，難保她不會被刺激得昏倒過去。

當她終於接觸到自己的身體時，激動和痛楚令她一陣暈眩，不得不扶住梳妝鏡的台面才沒有倒下。

她「看」著自己，有一種骨血相連的痛惜，如花美眷，似水流年，就這般拋與永夜長眠了嗎？

告別自己的身體太久，幾乎生疏了。雖然看不見，可是她這知道，這就是她，失去了靈魂的她的身體。她握著自己的手，辛酸地流下淚來。

奶奶也哭了，說：「小姐，你真是善良。如果冰冰能醒來，一定會和你成爲好朋友的。」

「如果冰冰能醒來」……丹冰苦苦地微笑，如果，如果有一天真正的自己可以醒來，以阮丹冰的本來面目與曲風相處，該有多好呀。可是，會有那一天嗎？

病床上的丹冰，就好像舞劇中的睡美人，等待一個王子的吻。什麼時候，她可以得到那份使她復活的愛，重新站起來跳舞呢？

丹冰決心留下來照顧自己。

雖然她不能「看見」，但是可以感覺到，屋裏的一切都沒有改變，刻意地維持原樣，甚至連窗台上那一盆梔子，都依稀可聞白色的花香。不需要任何熟悉過程，她便可以不必扶持地在屋子裏自由走動，甚至準確無誤的取拿東西。

奶奶覺得詫異，同時也覺得親切。不知爲什麼，這盲女的到來使她寂寞的心感到安慰，當她在屋子裏走來走去，她覺得好像丹冰又回來了。而當阿彤坐在陽台籐椅上垂頭沉思時，看著背影，簡直就跟丹冰一模一樣。

毫無障礙的，奶奶就把阿彤當作了最受歡迎的客人，巴不得她常常上門來探訪。

曲風沒有想到，第一次見到阿彤會是在丹冰家裏。

他一直對這位盲女琴師充滿了好奇，幾次向小林提出想去拜訪她，可是因爲水兒的病給拖延了。後來水兒去世，小林沒了學琴的興致，和阿彤便斷了往來。曲風以爲無緣，沒想到還是見到了她，卻不是通過小林的引見，而是因爲丹冰。

那天，他按時來到丹冰家彈琴，可是一進門，已聽到一陣流麗的琴聲傳自樓上。奶奶坐在樓下沉思，看到他來，笑嘻嘻地說：「小曲，你來晚了，有人代了你的位置。」

「是嗎？」曲風見奶奶有精神開玩笑，知道她心情大好，聞言立即說：「是誰搶我飯碗？」

奶奶孩子一樣地神秘地笑：「是個盲姑娘。」

「哦？」曲風心裏一動。

奶奶接著說：「她說她是在孤兒院長大的，所以有心報效社會，聽說了冰冰的事兒，就主動上門來要做義工。我看她自己都是盲的，本來不想麻煩她，可是她態度很誠懇，又說就算她幫不了別的什麼，至少可以給冰冰彈彈琴……」

「阿彤。」曲風有些怔忡，「奶奶，她的名字是不是叫阿彤？」

「是呀，你認識她？」

「不認識，不過會彈琴的盲姑娘，我就聽說過這麼一位，所以隨便猜猜的。沒想到真會是她。」曲風感慨，「這世界真是小。」

「不單小，而且巧。說來也怪，我和這女孩挺投緣的，她對我也很好，一口一個『奶奶』叫得甜甜的，和冰冰的腔調兒一模一樣，你要是光聽聲兒不見人，還以爲是冰冰回來了呢……」奶奶頓了頓，臉上露出寂寞的苦笑，「唉，我太想冰冰了，恨不得把所有的女孩都當作她。其實，她又怎麼可能是冰冰呢？不過，她每次來都陪我聊天彈琴，做東做西，真是幫了不少忙……小曲，你可是有些日子沒來了。」

曲風臉上掠過一個黯淡的笑容：「我的一位朋友亡故了，所以……」他歎口氣，把話題轉回來，「幸虧有阿彤來代班，不過，她的眼睛……」

「她眼睛雖然看不見，心眼可靈著呢，比明眼人都強。」奶奶很護短地搶過來說，「你可不要瞧不起她。」

曲風忍不住笑了：「怎麼會呢，奶奶？我對這位阿彤小姐聞名已久，一直很敬重的。」

「是嗎？那你上樓跟她談談。」

曲風拾級而上，小心地不想驚動了阿彤的彈奏。

上樓的時候，他忽然有一種強烈的預感，好像自己要去見的，不是陌生人，而是一個相識經年的老朋友。越往上走，這種感覺就越強烈。

還在樓梯口，他已經看到一位白衣的少女背對著他坐在小客廳鋼琴前醉心地彈奏著，她的一頭長髮隨著彈琴的動作一蕩一蕩的，腰肢纖細，背部挺直，身形窈窕美好，完全看不出是一個盲人。

彈的是一曲「給愛麗絲」，情人的呼喚流傳在風中，一聲聲，一遍遍，用心渴望著一個真情的回答，好似千呼萬喚始出來，猶抱琵琶半遮面。曲風忍不住深深迷惑，此情此景，此人此樂，都讓他有種似曾相識的感覺，水兒之死帶給他的悲痛在這一刻忽然變得沉靜，如塵埃落定，水靜河飛。

小林和教授不是都說過阿彤不瞭解愛情嗎？可是，此刻聽著這曲子，琴聲裏分明充滿了感情，這阿彤非但懂得愛情，而且比一般人都要瞭解得更深更切呢。

一曲終了，少女回過身來，輕輕問：「曲風？」她的聲音低沉柔和，微帶磁性，有種說不出的魅力。

曲風一愣：「你怎麼知道是我？」

少女笑了：「奶奶說，每個星期的今天下午，你就會來。而且，除了你，誰會這樣懂得尊重別人的彈奏，可以忍得住在聽琴時一言不發？」

曲風更加迷惑了，他想起奶奶剛才的話：「她眼睛雖然看不見，心眼可靈著呢，比明眼人強。」頓時，他對這位初次見面的盲女充滿了好感。她的琴奏，她的談吐，她的高貴氣度，都給他留下了極深的印象。而且，女孩說「除了你，誰會這樣懂得尊重別人的彈奏？」這句話也令他心動，他們彷彿不是第一次見面，而她，似乎對他相當瞭解呢。

他驚愕地望著阿彤，她臉上瞬息萬變的神情讓他迷惑而震動，那種似曾相識的感覺越來越強烈了，強烈得他幾乎張開口就可以喊出她的名字，可是，那名字，卻不是「阿彤」。是誰呢？丹冰嗎？天鵝嗎？水兒嗎？

他啞口無言，好像在想起的一刻突然忘記了什麼，又似乎忘記的許許多多在這一刻被重新拾起，可是，那些記憶，究竟是什麼呢？

屋子裏一片死寂。阿彤和曲風面對面站著，都是一言不發。

變成了阿彤的阮丹冰在承襲阿彤的身體和琴藝的同時，也承襲了她那固有的盲女的自卑與自傲。這段日子，她一直在等待著，等待再一次與曲風相見。

此刻，他終於來了，可是，她卻看不見他！

她站在他面前，心中不知是悲是喜，有種隔世相逢的滄桑。彷彿進入時間隧道，天上只一日，人間已一年。從阮丹冰而天鵝而水兒而阿彤，對曲風而言，不過是一個夏天的故事，對她，卻已經三次輪迴。如今，他們又相遇了，這一次，卻又有怎樣的緣合？

那一天，她飛離了水兒的身體，清楚地看到曲風流淚的眼，她想迎上去，擁抱他，安慰他，可是身不由己，隨著一陣風飄搖而去。迷迷糊糊，縹縹緲緲，不知道自己的歸宿在何方。懵懂中，依稀聽到一陣琴聲，便蜿蜒而去……恰逢阿彤正自對月祈禱：「我願意交出我的靈魂，去換取一次愛的經驗。」

那願望是如此的強烈，強烈到可以與丹冰對曲風的無與倫比的愛情相媲美，以至於她們的靈魂在這一刻忽然投契，合二爲一。於是，她佔據了阿彤的軀殼，取代了阿彤的靈魂，教會她一次真愛體驗。

然而，這場交易能維持多久？她總還是要把這身體還給她的吧？她要在再次輪迴前告訴曲風自己的真實身分嗎？要對他說出天鵝和水兒的秘密嗎？要在這難得的再世重逢中焚心以火，與他熱烈相愛嗎？

以往的經驗告訴她，無論她借助什麼樣的形式存在，她都不會是她完整的自己，而或多或少會擁有一些那形式本身的特性。畢竟，她只是過客不是歸人，無論誰的身體，都不可能長久地收留她，她最終，還是要離去。

然而，在這世界上，誰又是長生不死的呢？一天和一年有多少分別？一生和一次又有什麼不同？她只想，抓住每一次機會，多愛他一天，多愛他一次，多愛他一點。

可是，她又覺得怯弱，是盲眼人對於明眼人本能的那種怯弱。

她找到了他，聽到了他，可是，她卻再也不能「看」到他。這使她不能不有一種強烈的自卑感，無力感，甚至，放棄感。一個不能看的人，如何去愛？

兩人默默相對著，只有剛才那嫋嫋的琴音依然迴盪在空氣中，彷彿情人的呼喚，一遍遍，一聲聲，周而復始，無止無息……

是奶奶的上樓打破了這沉寂，她看到兩個年輕人面對面地站著不說話，十分好笑，問：「怎麼？不好意思？都是年輕人，說說笑笑很容易熟悉的，怎麼倒比我還害羞？」

阿彤驚醒過來，低頭微笑：「我給你倒水去。」

「還是我來吧。」曲風正想阻止，卻看到阿彤毫無障礙地繞過鋼琴逕自走向房間一角的飲水機，從櫃子裏取了紙杯出來接水，不僅暗暗驚奇：她對這屋子的佈局熟悉得就像在自己家裏一樣，如果不正視她的眼睛，簡直看不出這是個盲人呢。然而，她側耳傾聽水流的樣子，又分明是盲的。

阿彤已經取了水過來，雙手端著說：「曲風，請喝水。」

她喊「曲風」的語調，十分熟悉。曲風不禁再次出神……

第十八章

巫山雲

我為你做過多少傻事呢？

買一把又一把的綠傘，裝作等人的樣子在你的家門前徘徊，錄下你的琴奏刻成光碟，甚至偷偷收藏你隨手扔掉的煙頭……

真是傻啊。可是除了這些，我又能做些什麼呢？

中國有句古詩說：人間亦有癡於我，傷心豈獨是小青。而近日讀茨威格的小說《巫山雲》，我竟在裏面找到了一個和我一樣傻的人，原來，她也做過收藏煙頭的傻事呢。

讀著《巫山雲》，我哭了，覺得自己很幸福。因為至少，我有一點比女主角強，就是可以常常聽到你的琴聲，並在琴聲中起舞。

——摘自阮丹冰《天鵝寄羽》

阿彤告了假，每天都會來照顧丹冰。

她給她洗泡泡浴。

——僵直的身子浸在芬芳的水裏，彷彿也變得柔軟了。霧氣朦朧，她的表情也安詳，似乎有了微笑。

她服侍著她。

一個是丹冰的靈魂，一個是丹冰的軀殼。服侍的和被服侍的原是一個人。精神對肉體說：「你快醒來哦，醒了，才有力氣去愛。」

她決心要好好照顧自己，喚醒自己，無論如何都要試一試。否則，一直待在別人的身體裏，又如何去爭取曲風的愛？

她思憶著自己奇異的經歷，每一次輪迴都是一次嶄新的緣遇，卻也都是新的無奈與傷心。她曾經會飛翔，會像一個小孩子那樣天真任性，如今，又會了彈琴。

每次托附於不同的身體，她的技能與性格也跟著千變萬化，不能自控。也許人本來就是立體的，多重個性的，只不過在某些人身上某種德行表現得重一點，而在另一些人身上則表現得輕一點罷了。自古以來所爭論的人之初究竟是性本惡還是性本善的問題，和這其實是同一原理，都是緣於不同靈魂托附於不同載體而已。

如果靈魂可以這樣一直流浪下去，再多幾次遇合，不知她會不會因此習了武術，八卦，園藝甚至高科技？又或者托身一個殺人如麻的黑社會老大，一睜眼可能已手使雙槍，腳踢鴛鴦。

沒什麼不可能吧？她連飛都試過。

阿彤忍不住微笑了，這也算是不幸中之大幸了，她的一輩子，等於別人的幾輩子，這樣看，也不算損失了吧？

她和曲風做了朋友，可是，一直沒有告訴他自己是誰。既然早晚要走，何必多一重恩怨？她已經改變計畫，不，她不要做水兒第二，而要做回阮丹冰。她要努力地幫助自己復活，光明正大親力親爲地去爭取曲風的愛。

奶奶有一天隔著門聽到盲女與孫女兒說話——

「如果真是這樣愛他，該努力站起來對他說才是。總躺著成什麼事？」隔一下，又說：「這樣子怎麼和他說？不人不鬼的，怕不要嚇死他。」分明是一個人聲音，可是有問有答，倒像兩個人口吻。

奶奶十分驚駭。

曲風再來時，她問他：「你覺不覺得，阿彤像一個人？」

「像一個人？」曲風不懂，「像誰？」

「冰冰。」奶奶沉思地說，「她說話的口吻、表情、甚至連動作，都像極了冰冰。」

「奶奶，您太想丹冰了。」曲風安慰，「阿彤就是阿彤，丹冰就是丹冰，我一點都不覺得她們像。丹冰比阿彤活潑多了。」

「也是。阿彤這孩子，太沉靜了。」奶奶沒主見地立刻改了主意，「小曲，你們都是年輕人，我看她和你在一起，倒還有說有笑活絡些，你同她多談談心。」

曲風笑著，其實，是他更喜歡同阿彤談心呢。在她面前，他輕鬆而坦白，少了一雙炯炯有神的眼睛注視著，他彷彿面對自己的心靈在傾訴，毫無顧慮，盡抒胸臆。

自從水兒死後，他一直是憂傷的，空洞的，失魂落魄一般。而當阿彤的琴聲流水一樣注入了他的心，他第一次感到了平靜柔和，重新有了傾訴的欲望。他跟她說自己甘拜下風，要向她好好求教琴藝，說是她的琴技讓他對鋼琴有了更新的認識。

或許是因為眼盲反而心靈的緣故，又或許是來自鋼琴的薰陶，阿彤身上有一種時下少女罕見的安靜氣質，溫柔，淡定，讓人願意對她吐露心聲。

曲風短短的半生人中，閱女無數，卻還從沒見過像阿彤這樣柔靜清澈的女孩子。他與她一見如故，對她有一種天然的親近與信任。只要看到她，就覺得心裏充滿了寧靜的感覺，分外踏實。他對她講起天鵝，講起水兒，甚至講起小林和他那些風流過招的女朋友，可是，就是不曾提到丹冰。在他心目中，丹冰始終是作為恩人而存在的，與感情無關。

阿彤暗暗傷神，不知道該怎樣提醒他，她對他的情意。

有一天，他對她說：「我有種感覺，好像我們已經認識很久了。」

她一愣，微笑答：「或許吧，或許這就叫做緣份。」

「可是，為什麼呢？」他堅持問，「為什麼我覺得你好像很瞭解我？」

阿彤的臉上掠過寂寞淒涼，停了停，忽然輕聲背誦：「人，只有用自己的心靈才能看清事物的本質，光憑眼睛是看不到的。」

曲風默然了，他知道，這是《小王子》裏狐狸的話。原來，阿彤也看過《小王子》。他忽然想，在《小王子》裏，到底是小王子馴服了狐狸？還是狐狸馴服了小王子呢？

狐狸對小王子說：請你馴服我吧。

其實，在這個過程中，小王子同樣地也已被狐狸馴服。因爲，不僅僅是小王子成爲狐狸眼中獨一無二的男孩，狐狸也成了小王子眼中獨一無二的狐狸，就像那朵玫瑰花一樣，因爲他曾爲她澆過水，捉過蟲，立過屏風，於是她就變得絕無僅有，獨一無二。

他想起水兒第一次給他講《小王子》的故事，也想起向小林提到這本書的情形——當他爲了水兒特地去買了《小王子》來細讀時，小林還曾嘲笑他一個大男人居然看童話書。兩個女孩子，一個明一個盲，可是不知爲什麼，曲風覺得阿彤似乎對一切事看得比小林還清楚。一天比一天地，他對這個盲女琴師有著更深的好感與好奇，總想知道她多一點故事。

「我記得小林跟我說過，你下個月有個大賽，是嗎？」

「是，我的參賽曲目是『給愛麗絲』。」

「那天我聽你彈過這支曲子，彈得真好，我都給迷住了。」曲風認真地說，「這麼熟悉的曲調也能讓人著迷，足以證明你的功力，我相信你一定會在大賽上取得好成績的。」

阿彤微笑不答。

曲風忍不住，還是直白問出來：「其實，我是想說，你跟小林說過自己不瞭解愛的感覺，擔心琴藝不能很好地發揮。可是，我覺得你是真正懂得感情的人，比我們都懂得。」

「那是因爲，我曾經深深愛過……」阿彤低語，不易察覺地歎了一口氣。

曲風眩惑地看著她的那絲憂鬱。看到阿彤，才知道什麼叫清麗，什麼叫優雅，什麼叫人淡如菊，什麼叫遺世獨立。一個人的樣貌如何其實並不重要，相由心生，在他眼中，阿彤已經可稱之爲絕色佳人。他不能不敬重，也不能不好奇。

然而阿彤已經顧自換了話題：「曲風，我想求你一件事。」

「什麼事？」

「我……我想去你們劇團的練舞廳看看。你上次答應過，我好起來就會帶我回劇團看看的。」

「我答應過你？」曲風大奇，「看看？可是你……」

阿彤自覺失言，歎口氣說：「我一直想知道舞劇團的樣子，想去轉一轉，可是不想別人看見我……」

「我明白了。」曲風痛快地答應，「星期天劇團沒有人，我帶你去練舞廳玩。」

熟悉的排練廳，熟悉的松木地板的幽微的氣息，熟悉的鏡牆和把杆。雖然看不見，可是那些熟悉的情景早已深印在心，親近它們，何需眼睛？

丹冰扶著把杆靠牆站著，心中百感交集，恍惚看到六個女孩子手搭著肩，連體兒一樣蹦蹦跳跳，一齊扮作小天鵝，從門廳一圈圈舞出來……那些旋花舞月的日子哦，就這樣從此流逝了麼？

她踮起腳尖，輕輕做了個小跳的動作，接著雙手一揚，離了把杆，腳尖交錯著，漸漸舞至大廳中央。雙臂張開，頭頸微俯，如天鵝對著鏡波湖水輕輕整理自己的羽毛。秋風清，秋月明，落葉聚還散，寒鴉起復驚。練舞廳剎那間變作天鵝湖，有音樂蜿蜒而來，流自湖畔，流自天際，流自知音人的心。

曲風坐在鋼琴旁，情不自禁地彈奏起那曲華美寂豔的「天鵝之死」。舞曲彷彿不是由指下流出，而是手指被曲子牽著走。他呆呆地看著阿彤輕盈地跳躍盤旋，心中怪不可言。

憑心而論，阿彤並不是美女，只勝在面容清秀，身形婀娜，略微遲緩的走路姿態只見優雅，不覺蹣跚。但是她再從容也畢竟眼睛不方便，不可能像明眼人那樣敏捷自如，而且，表情也略顯板滯。然而，此刻她繞場而舞，曼妙身姿如風拂柳絮，舞步嫺熟，神情優雅，哪裏還有盲人的蹤影，分明是經過專業訓練的行家裏手。樂曲中，她弱不勝衣，愈舞愈疾，動作流暢自如，已經不再是一個身體在舞蹈，而完全成爲舞的精靈，那樣的舞姿，是你感覺到的，而不是看到。

原來，真正的舞蹈，不但不需要用眼睛來跳，甚至也不需要用眼睛來看。音樂，又何嘗不是？

疾舞中，丹冰順心遂意，只覺前所未有的暢快。偌大的排練廳空蕩蕩一無阻隔，她再也不必擔心會被不明物體絆倒。這段日子，實在悶得狠了，先是做癌症晚期的小女孩，豐盈的靈魂束縛在病弱的身體裏，多走兩步路也喘息，一支「小雪花舞」都跳不完場；如今做了盲女，走路絆絆磕磕，不時要以手摸索相助，跳舞？更不要提了。然而此刻，在這熟悉的寬大的排練場中，她終於可以毫無顧忌，舞得這樣盡情盡性，而又盡善盡美——天鵝涅槃的經歷讓她真正瞭解了天鵝的飛翔，也深深體驗了死亡的神聖，她的舞姿，比以往更加靈動、飄逸、絕望而淒美，滿場旋飛之際，完全就是一隻勇敢的天鵝。

跳躍、舒展、雙腳騰空，在空中交錯碰擊，一下，兩下，三下，四下，五下，六下！

曲風驚呆了，脫口呼出：「丹冰！」

丹冰驀地一震，心中大慟，一個躍落不穩，摔倒下來。

曲風忙迎上去扶起，關切地問：「阿彤，你怎麼樣？」

不料阿彤一反手緊緊握住他的手腕，熱切地問：「曲風，你叫我什麼？」

「阿彤，你怎麼了？」

「不是這句，是剛才，我跳舞的時候，你叫我什麼？」

曲風笑了，不經意地說：「啊，我叫錯了，你剛才的樣子讓我想起丹冰，她在出事前是個非常優秀的舞蹈演員，也是團裏唯一可以做到空中足跟對擊六下的。對了，阿彤，你是怎麼可能做到的？」

阿彤不答，坐下來雙手抱著膝，輕輕問：「曲風，你能多給我講一些丹冰的事麼？」

「她是個很好的演員，可是爲了救我……」

「怎麼樣？」

「就是你現在看到的這個樣子了。」曲風歎息，想到阮丹冰使他覺得沉重。

阿彤仍然追問：「就這麼多嗎？」

「我對她並不瞭解，沒想到會承受她這麼大的恩情，真是無以爲報。」曲風又一次歎息。

丹冰失落到極點，心中狂喊：不！我不要你報恩！我只要你愛我！至少，我要你知道我愛你！

她緊握著曲風的手，與他面面相對。可是，她看不到他，看不到他！她的不能聚光的眼瞳裏不知有沒有印下他的影子，但是她的心，哦，她的心，早已將他的一顰一笑刻骨銘記。然而，如今他們手相牽，人相對，他卻不知道她是誰？甚至，不知道她愛他！

忽然之間，她下定了決心，不顧一切地說：「曲風，我有一件東西給你看。」

「是什麼？」

「丹冰的信。」

「丹冰的信？」

「是，是寫給你的。就在她梳粧檯第三格抽屜裏。」

「你怎麼知道？」

阿彤頓一下，才說：「我幫她收拾臥室時發現的。」

曲風覺得怪異，就算發現了一摞信，又怎麼知道是寫給他的呢？丹冰又不可能留下一疊點字的盲文。然而這問題有失厚道，他不忍心追問，只得說：「好，我們這就去丹冰家。」

當他們敲開丹冰家的門，卻發現奶奶坐在樓下哭。原來，今天是丹冰定期檢查身體的日子，醫生剛才來過，檢查後，認爲丹冰的生命跡象愈來愈微弱，如果不能在短期內醒來，那麼……

曲風大驚：「什麼，丹冰她……」他說不下去，不忍心說下去，呆呆地看著奶奶，一時間不曉得思想。

阿彤身子一晃，險些跌倒。她扶著沙發背，艱難地說：「我看看丹冰去。」

短短幾截樓梯，走得慣熟的路，如今忽然變得這樣漫長無邊，每上一個台階都要用盡全部的力氣。丹冰死死地握著樓梯扶手，手心裏全是汗。她要死了，她要死了，她的身體就要在這個世界上完全消失，到那時，她的靈魂呢？是繼續流浪還是從此銷魂？

早在從燈柱下救起曲風的一剎，她已經死過一回。然後是天鵝，然後是水兒，然後是阿彤，一次次的死亡，一次次的在劫難逃，一次次的愛而不能，如今，她又要面對一次致命的終結了嗎？這一回，她送走的，將是自己的身體！當身體死亡，她的靈魂，還可以存在嗎？

終於，終於她又來到自己的身前，握住沉睡的丹冰的手，在床邊慢慢地跪下來，心灰得沒有一絲力氣，只覺腦子裏空空的，整個世界都不存在了。沒有眼淚，沒有傷心，也沒有記憶和往事，有的，只是無盡的，無盡的蒼涼。

都結束了嗎？丹冰的捨身相救，天鵝的歸去來兮，水兒的魂離肉身，阿彤的風中呢喃，種種癡心糾纏，相思相望，就這樣化爲虛空？那些淒絕豔絕的等待、渴望、死亡與輪迴，都從此消失了？如人魚公主靈魂寂滅後的泡沫流星，散入汪洋，尋覓無蹤？

她忽然覺得恐懼，不，不是因爲自己的死亡，而是爲了阿彤——阿彤會不會也像自己前幾世那樣，在自己靈魂離去時，她的肉體也隨之消亡，就像那隻於火中涅槃的天鵝，就像香消玉殞於荷花池畔的水兒？阿彤，這善良可憐的盲女，連愛情也不曾嘗試，就要因爲自己的鵲巢鳩佔而提早結束生命了嗎？那麼，自己豈不是害了她？如果是這樣，自己寧可不曾來過，寧可陪伴水兒的身體死在曲風的懷抱中，也不願意爲了延續靈魂而奪取別人的生命。

可是，進入阿彤身體，並不是自己選擇的呀。就像天鵝涅槃、水兒轉世也都不是自己的選擇一樣。每一次都是命運契機，緣定三生。從始至終，她都是無奈的，無助的，無心亦無力的。她該怎樣幫助阿彤，把這個身體還給她？

曲風扶著奶奶上樓時，看到阿彤握著丹冰的手呆呆坐著，如一座鐘，奶奶反而不過意起來，安慰著：「彤姑娘，你別太傷心了。其實，早從冰冰昏倒那一天起，我就知道這是早晚要發生的了。這幾個月來，我已經哭得哭不出了，也許，冰冰早點離開不是壞事，好過這樣躺在這裏，人不人鬼不鬼地活受罪。」

人不人鬼不鬼？丹冰一愣，這不說的是自己嗎？一個離開了自己軀體的靈魂，豈不就是俗話中所說的鬼？那麼，離開了靈魂的軀體又是什麼呢？行屍走肉嗎？自己將阿彤變成了一具行屍走肉？

不！寧可犧牲自己，魂飛魄散，也一定要將這個身體還給阿彤！當自己的靈魂佔據著她的身體奔波行走的時候，阿彤的靈魂呢？阿彤的靈魂又在何處寄放？

丹冰忽然想，世界上，像自己這樣的鬼魂有多少呢？那些滿街行走著的人，都是他們真正的自己嗎？他們的身體裏，是否也寄居了另一個靈魂？

離開丹冰家，曲風發現不知何時下了雨，細若遊絲，似有還無。這使他想起自己曾經擁有過的那些綠傘，綠得就好像要在雨中化開。那些傘後來都被小林一一「借」走了，他從沒有問過，但是此刻，他忽然有些留戀，不捨。他自嘲地笑：是老了吧？只有老人才會這樣戀物，戀舊。

細雨霏微，他信步走著，一時不想回家，卻也不知道該去哪裏，不期然地，又來到了荷花池畔。

最後一朵荷花也謝了，淅瀝的雨中，滿池荷葉蕭索，如破碎的夢。古人說：留得殘荷聽雨聲。豈不知，雨打荷葉，點點滴滴在心頭，聲聲刺耳。

他在池塘邊坐下來，想起天鵝在荷池上飛舞的樣子，想起水兒蒼白柔弱的笑容，想起「當我的身體死亡，靈魂就自由了」的暗語，如今，荷花已殘，芳魂無覓，那荷花仙子一般的女孩水兒，也永遠地消逝在茫茫雨中了。短短的時日裏，這是他第幾次面對死亡？而今，又要再一次送走丹冰了嗎？

丹冰？他忽然想起，阿彤說過丹冰曾給他留下一疊信，他們剛才回丹冰家，就是為了取信的。他猶豫了一下，不知該不該回去拿。

身後有飲料車經過，他叫住，要了一打啤酒，重新坐下喝起來。天鵝死後，他因為自悔醉酒害死了牠，已經戒了很久了，可是今天，此刻，這傷心寂寞無助的時候，除了酒，何物能澆滅他心中塊壘？

醉鄉路穩宜頻到，此外不堪行。他將酒像水一樣地灌下去，對著沒有荷花的荷花池舉杯：「敬你，乾杯！」

手機一次次響起，他看也不看便掛掉。半打啤酒消滅，他平靜下來，臉上有了笑容，那種醉漢特有的恍惚遲鈍的笑容。酒，可真是好東西啊！

醉眼朦朧中，有女子打傘冉冉而來，他輕呼：「水兒！」

「曲風，是我。」

那是小林，她將黃油大傘遮住他，幽怨地望著他：「我到處找你，找不到，電話打到阮家去，是阿彤接的電話，我從來都不知道，原來你和她早就認識了……」

她聲音裏充滿醋意，但是心裏其實並不是真的介意，她才不相信一個瞎子也可以成為她的情敵，吃醋，只是借題撒嬌。

「阿彤告訴我，說或者可以在這地方找到你……」

「阿彤說我在這裏？」曲風甩甩頭，有些想不明白，自己離開阮家時有說過要來荷花池嗎？不會吧，因為那時候，連自己都不知道自己要到哪裏去呢，難道阿彤反而未卜先知？

酒意湧上來，他打個酒嗝，糊裏糊塗地問：「小林，你找我幹什麼？」

「不知道。」小林在他身邊坐下來，「曲風，來之前，我想過要找你說清楚我們的事，可是來了，看到你，我就不知道要說什麼了，或者，我來，只是為了陪你喝酒。」

她的話，令他不無感動，也有幾分狼狽，問她：「何苦呢？你明知道，我不是一個可以對感情認真的男人，這樣做，不值得。」

「你錯了。」小林熱烈地望著他，眼中閃爍著淚光，「以前，我也是那樣想，以為你風流成性，是個唐璜式的男人。可是現在，我明白了，你的心底，有著很深很強烈的情感，甚至比一般男人都更強烈，只不過不會輕易付出而已。你對水兒的好，讓我知道你也是可以被打動的，也是會認真的，而你一旦認真，你的感情又會有多麼美好，多麼溫柔。我希望，有一天，我也可以讓你那樣溫柔地待我。」

「小林，」曲風呆住了，這樣子面對面地談論感情，使他既感動而又尷尬，倉促間，他抓住一個不成其為理由的理由，「可是，我已經答應了水兒，要等她十年。」

「十年，長著呢，十年中的變化，誰又知道？你可以等她，我也可以等你。曲風，也許不用十年，你就會發現，我比她更值得你愛。」

「你真傻！」曲風忽然大笑了，笑得淒涼而狂放，「小林，我曲風何德何能，遇到一個可以對我這樣傻愛著的女人。小林，我爲你乾杯！」

「好，乾杯！」小林也不等勸，打開一啤易開罐對著喉嚨狂灌起來。酒，她的心中，也有一團火，也需要有酒來澆滅呢。

第十九章

天鵝寄羽

我昨晚做夢，夢見你了。

是個很奇怪的房子，很空，沒有人氣的樣子。我在裏面四處張望，不知道門在哪裏，也看不見窗。

可是，偏偏卻有門鈴響起。我奔過去開門，而你就站在門外，說：「我回來了。」

那一刻，屋子裏忽然就亮起來，滿起來，到處都是家俱，還有鮮花，我記得很清楚，是梔子。

梔子的花語是「幸福」和「一生的愛」。

我愛，有你的地方，就有幸福。

——摘自阮丹冰《天鵝寄羽》

曲風醒來時，只覺頭痛欲裂。他坐起身，眼裏撞進一片嫣紅，驀地呆住。昨晚的事依稀湧上心頭，而洗手間裏嘩嘩的水聲證明那一切確不是夢。

他強撐著起來，用涼水沖泡即溶皇室咖啡醒腦，正攪拌冰塊，浴室的門開了，小林裹著大毛巾從裏面出來，紅著臉招呼一聲：「早。」

曲風手上一顫，冰塊從杯子裏跌落下來，在地上摔得粉碎，急急俯身時，冰水已經化開，小小一灘，收拾不起。

收拾不起。

曲風愣愣看住小林，小林羞紅著臉，一聲不響蹲下身來，取紙巾揩抹地面。

——如果少女初紅也可如冰水般以紙巾略加揩抹即消逝無蹤，或許男人的心便不會這般沉重。

少女一旦于歸，態度立即不同。小林並不迴避，只略略背轉身體，就在曲風面前更衣著裙，不忘了叮囑一句：「幫我把拉鏈拉上。」

曲風愣愣起身照辦，猶自昏昏然彷彿不知道發生了什麼事，或者，是不願意知道，不願意相信，不願意承認。

這不是他第一次帶女孩子回家過夜，卻是第一次如此倉皇失措，也是第一次酒後行事。而且，對方是一個處女，又深深愛他，他不能再等閒視之……

小林是處子之身，曲風是她的第一個男人。

說起來，這倒也並不是因爲她心高，或者特別地有分寸，潔身自好。

而是從未有過機會。

她在中學的時候，是很不起眼的醜小鴨，有個綽號「如花似玉」——花是仙人掌，玉是岫岩翠——粉刺又多，臉色又暗。

是爲了這個特別留意學的化妝。

後來也不知是那些化妝品起作用了，還是年齡大了荷爾蒙自然諧調，臉色一天天白淨起來，面疱也都漸漸消了。但是最好的豆蔻年華已經過去。再戀愛，就直接對準了結婚的目標去了，不得不看仔細點，不可以像小囡們一樣放肆任性，只爲了戀愛而戀愛，得有幾分計較。

這樣子，便一天天挑挑撿撿地耽誤下來，倒成全了一個難得的二十三歲的上海處女。

然而無論怎樣，那一樹桃花映入曲風眼中的時候，他是感動的，也是震撼的，要到這一刻，才清楚地明白小林待他的，是怎樣一片癡心。

她是他的女人了。

男人對於自己的第一個女人和第一個給自己的女人，總是另眼相看的。

他不能不拿出幾分真心來。

她在他耳邊低語：「我自己願意的……」——唯其如此，就更該溫存對待，大丈夫敢作敢當，豈能藉辭醉酒不認賬？

通常在影視劇裏，這時候男主角的最佳對白就是：「我會對你負責任的。」可是曲風還沒想過要說這句話，還沒準備好要對任何女人負責。

但是也不得不考慮把兩個人的關係往前推進一步，不然，豈不成了吃完就跑？

細想想，其實小林也不錯呀，精明務實，又對他一心一意，兩個人相處應該不是什麼難事——雖然，那所有的優點與美德，也許都不過是婚前的小林們。婚後她們會叫他們洗內褲買衛生棉及做一切瑣碎不堪的雜務。這是上海女子的天性，結婚是爲了自己，而不是別人。

曲風很明白。

他不想給俯首甘爲婦子牛，故而不願走進婚姻。

但是同居是另一回事。

他終於答應爲她添置衣櫥。

——對女人而言，這是最大的接納。

小林站在鏡子前一套一套地換衣服，擺出各種姿勢要他評價。

他唯唯諾諾，心不在焉，只點頭一概說好，究竟也沒有看仔細。心裏朦朦朧朧地想，結了婚，以後大概就是這個樣子了，有口無心，得過且過。

其實，結婚也沒什麼不可以吧？作爲婚姻對象，小林總算也是個中上之選。

她是那種尋常的女孩子，真實世界裏最平凡親切的女孩子，也聽音樂——流行歌曲或者莎拉布萊曼；也學跳舞——當然只限於交際舞；也看一些文藝小說，不求甚解，陪女主角掉一會兒淚，發陣呆，想像自己是那悲劇的主角——但是只在想像中，現實中是一心朝著喜劇方向努力的。

娶了這樣的女孩做太太，她們便是上海最尋常的太太，菜市場裏和麻將桌旁到處可以碰到的那種，斤斤計較，精刮俐落，一算就算到生活的毫末裏去，一隻眼盯著丈夫，一隻眼盯著孩子，可是還有一隻眼盯著鄰家的生活和同伴的日子，不知道哪裏借來的那麼多眼睛。夢和同情也還是有，在長篇電視劇裏找，坐在電視機前那會兒功夫是留給自己的，暢快淋漓地為多情又多難的第三者們歎息流淚，然後在生活中跟所有可能做第三者的女子嘔氣，鬥智鬥力，並且防患於未然地，每天在丈夫面前把那準狐狸精罵得體無完膚。

這樣的日子是瑣碎悶氣的，可是這樣的日子有它的真實親切。每個人都是這樣過，所以這樣過是正確的，有安全感有歸宿感的。

他已漂泊太久，需要的，也許就是這樣一個歸宿。

正自胡思亂想，忽聽小林閑閑地說：「前幾天我們收拾劇院的衣櫥，有個櫃子是阮丹冰的，團長有備用鑰匙，打開一看，裏面有個小匣子，你猜是什麼？怪得很，一匣子煙頭。」

「煙頭？」曲風大奇。

「就是。」小林對著鏡子左右轉側，「全部是抽過的，駱駝牌，阮丹冰那麼清高的人，竟有搜集廢煙頭的怪癖好……」

曲風只覺胸口被人重重一拳，一口血湧上來，差點噴口而出。駱駝牌，煙頭，他忽然明白了，那天看到阮丹冰俯身拾煙頭是爲了什麼。當時只道她有潔癖，卻原來，卻原來——阿彤說過，丹冰有信給你，就在她梳粧檯的第三格抽屜裏——他猛地站起。

小林大叫：「你去哪兒？」

「去看丹冰。」曲風回過身，臉色慘白，而一雙眼睛血紅：「我去找她問清楚！」

「你找她問清楚？」小林大奇，如何問？問什麼？可是曲風已經去得遠了……

曲風來到丹冰家時，看到客廳裏坐著一位陌生的中年男人，他斷定他是第一次見到他，可是那眉宇之間，偏又有幾分熟悉。

奶奶已經急急地爲他們做介紹：「這就是我跟你說過的小曲。」又轉向曲風：「小曲，這是我兒子，丹冰的爸爸。」不知怎地，好不容易和兒子久別重逢，奶奶的臉上卻殊無喜色，反頗有幾分氣急敗壞的意味。

「阮伯父，您好！」原來是阮丹冰的父親，怪不得依稀相識。曲風昏昏噩噩地點頭致意，尚不曾從關於煙頭的聯想中掙脫出來。

「你就是曲風？」阮先生定神打量著他，「難怪……」話說到一半，卻又咽住。

曲風更加茫然，不明白這位阮先生看著自己的神情何以這樣古怪。他想起來這裏的初衷，對奶奶說：「我上去看看丹冰。」

上了樓，卻發現屋子被重新收拾過了，東西零亂地堆放，許多包裹塞在地中，一場浩劫的樣子。他一切不理，越過那些包裹走過去，逕自拉開梳粧檯第三格抽屜，裏面卻是空空如也。

空的？他呆住，難道阿彤騙了自己？

響聲驚動了阮先生，他隨後跟上樓來，看到曲風的樣子，立刻明白了：「你在找那些信？」

曲風愕然。

阮先生說：「是我把它們收起來了。」他歎息，「過些天，我打算帶丹冰去美國求醫，無論如何都要再試一下……昨天幫她收拾東西時，在床鋪下面看到這個，我想，她是寫給你的。」

曲風又一次驚呆了。床鋪下面？阿彤不是明明說在梳粧檯抽屜裏嗎？還有美國，求醫，阮先生……但是接著，他興奮起來，那麼說，丹冰有希望了？

他熱切地望著阮先生：「美國那邊，有治療植物人的新科技嗎？」

「很難說……」慈父的悲哀濃重地寫在臉上，他搖搖頭，取出一個厚厚的緞面筆記本遞過來。

曲風低頭接過，看到本子裏還夾著一條項鏈，墜子是一顆可以打開的心。他本能地打開，不禁臉色大變──那「心」裏，竟是自己的照片！

頭像很小而且模糊，他實在想不起自己是在什麼時候拍的這張照片了，更不明白丹冰爲什麼會有它，珍藏它，而且藏在一顆心裏。難道……

曲風的心劇烈地跳動起來，急急地翻開筆記本來，更是如被雷亟：

「梔子的花語是『幸福』和『一生的愛』。我愛，有你的地方，就有幸福。」

梔子！那盆在火中化爲灰燼的梔子！原來，他的梔子，是丹冰的饋贈。梔子的花語是「一生的愛」與「幸福」，這是她的心意，也是她的祝福。她給了他一生的愛，給了他幸福與生存，他卻帶給她死亡與災難！怎麼會？

他搖晃起來，整個人站立不穩。

阮先生長歎一口氣，瞭解地說：「小曲，這些信，不是一時半會兒看得完，你，回去慢慢看吧……」

回去？不！不能回去！小林在家裏等自己。就在今天，自己才剛剛接受了小林，卻突然發現了丹冰的情意，這是怎樣的一筆帳啊？

荷花池畔，曲風終於讀到了那本《天鵝寄羽》，讀到了阮丹冰「生前」寫給他的所有未曾發出的信，終於知道了丹冰的癡心，知道了那個令他震撼到不可名狀、足以把整顆心炸裂的事實：丹冰愛他！

丹冰愛他！怎麼可能呢？水晶般純潔、天鵝般驕傲的小公主阮丹冰。

坐在石椅上，他一頁一頁地翻讀著那些信，那一行行血淚寫成的情書，那用生命編織的愛情神話。那樣深摯的、強烈的、純粹而崇高的感情，是真實的嗎？

他看到了丹冰的愛情宣言，也看到丹冰的愛情理想——

「如果你愛我，請一點點對我好，就像小王子對他的狐狸，要一點一點靠近，眼中露出溫柔神色，日漸將我馴服。」

又是《小王子》！

他凝眉，第一次將水兒、阿彤、和丹冰聯想在一起，也是第一次細心揣想愛情的問題。

愛是要一點點馴化的，一點一點溫柔，然後慢慢彼此感應，像沙漏一樣慢慢傾泄，將所有的愛奉獻，一點不留。那樣的愛，真的有嗎？

他忽然想起那天旁觀劇團女孩子爲了爭奪「天鵝之死」女主角打賭的情形來——

「哪裏有人真會做到空中撞擊六下，那樣的技術，真的有嗎？」

「如果有怎麼辦？如果我做到了怎麼辦？我就可以做到。」

記不清阮丹冰當時有沒有說這句話了。但是他覺得她說了的。就是嘴上沒說，心裏也一定說了。

他想著那個驕傲的野性的小女生，飄揚的髮，光潔的額，燃著火的眼睛，以及玫瑰花瓣一樣的嘴唇。那美麗的小女生呀！她真的知道什麼是愛嗎？

他又想起那些傘，一式一樣的綠緞雨傘，芳姿馥郁的梔子花，還有丹冰衣箱裏整盒的駱駝煙蒂，是的，她知道什麼是愛，一點點，一日日，從每個細微處，關心，留意，照拂，珍存，悄悄地愛著並奉獻著。是他辜負了她，而且永遠沒有機會回報。可是，真的，永遠沒有機會嗎？

他閉上眼睛，不，他不相信，不相信那純潔善良的女孩子真會永遠長眠。她的天鵝的心，總有飛倦的時候，總有歸巢的一日吧？當她醒來的時候，他希望自己可以在她身邊，獻上春天的第一個微笑，對她說：歡迎你回來，我的天鵝！

我的天鵝。

他忽然想起自己曾經朝夕相處的那隻天鵝來了。

丹冰昏倒在舞台上那天，許多觀眾都說看到一隻天鵝飛走了。可是，團裏的人一直都不相信，視爲無稽之談。因爲當時他們也都在台上，怎麼他們沒有看到，觀眾卻看到了呢？

但是曲風卻是看見的，看見了，卻不相信，以爲自己情急之下產生了幻覺。

然而此刻再想起那一幕，他忽然動搖起來：會不會，丹冰真的化作了天鵝，並且回到了他的身邊，並且再一次爲了救他而葬身火海？

原來，不是每個爲情早殤的少女都會變成維麗絲，也有的，像丹冰，會變成天鵝。

他不知道，原來他們的故事都早已寫在舞劇裏，在那些劇情中，所有的情節都早已一一發生過，卻借屍還魂，在他們的身上又重演一次。

吉賽爾、紅舞鞋、睡美人、仙女、天鵝之死、胡桃鉗……一個悲劇已經可歎，何況是那樣多的悲劇集中在一起呢？

他不知道這是誰的過錯？

難道只因爲他屬於音樂，而她屬於舞蹈？

丹冰！丹冰！丹冰還有機會再醒來嗎？

曲風在奔跑，心中像有一團火在燒，只有疾命的奔跑可以略微幫助他發洩那強烈到迸裂的悲痛。丹冰愛他！丹冰愛他！這怎麼可能？她是爲了愛他而死於非命的，那不是見義勇爲，不是一時衝動，而是全心全意無怨無悔的犧牲。是犧牲！

阿彤打開門，聽到曲風沙啞的聲音：「你早就認識丹冰？」

她一愣，輕喟：「你還是看了那些信？」

曾經，想方設法，她希望他可以知道她的愛。就在昨天，她還親自帶著他去取回那些信。可是，當奶奶說出丹冰將不久於人世的消息的那一瞬間，驚痛之餘，她的腦中忽然一片空明，她是爲了愛他而經歷這一次次輪迴之苦的，但在這一刻，她卻下定了決心：不告訴他任何事。

她知道，如果說出天鵝的秘密，說出水兒與他的盟約，說出他們之間的暗號——當我的身體死亡，我的靈魂就自由了——他會遵守諾言，接受她，並重新愛上她的。

可是，畢竟，她並不是真正的她呀。她總有一天還會離開這軀殼的，那時，難道要他再一次傷心嗎？還是要他等待下一次還魂再來、一次又一次地重複著這生離死別的痛苦？既然她已不久於人世，既然她不能陪伴他到老，那麼，又何必讓他爲她而諸多傷心呢？

不，她要把身體還給那個無辜的阿彤，就讓靈魂隨著丹冰的軀殼化作海上泡沫吧，連同對他的愛。

連同對他的愛。一起深埋海底。永不傾訴。

——是爲了這個才把那些信轉移，也是爲了這個才告訴小林去荷花池畔找他，爲他們製造機會。

她看不到任何東西，可是，她的心照見一切，清楚地猜出曲風的去向。她是那樣愛他，因爲深愛，所以瞭解。可是，如今一切都落空了，除了祝福，她還能再爲他做什麼呢？

沒想到，他還是看了那些信。這，便是天意吧？

她輕喟，只得說：「是的，我和阮丹冰早就認識，是好朋友。她一直跟我說，她愛你。」

「爲什麼，你不早一點告訴我？」

「早一點和現在，有區別嗎？」

曲風語塞。

有區別嗎？有的。差之毫釐，謬之千里。

而那「毫釐」，是小林。

可是，這樣的話，怎麼能和阿彤說呢？

然而阿彤已經猜到了。她永遠不需要用眼睛來看事物，自然，也不需要用耳朵來聽解釋。她直接用心靈讀出了他的歎息和茫然。

這茫然使她心疼得有眼前一黑的感覺，卻不至於失態。希望過太多次，失望過太多次，如今，她早已是絕望。她對他的愛，因爲絕望而純粹，因爲無奈而深刻，並在絕望和無奈中，把前因後果看得通透明白——不論是水兒還是阿彤，其實或直接或間接，都是由小林把她帶到他身邊。這，也是冥冥中的一種指示吧？雖然小林同她處處作對，卻又一再不自覺地成全著她。那麼，現在也讓她來成全小林吧。

忍住心痛，她勸他勸得十分透徹：「曲風，你既然看過那些信，應該會瞭解彤冰的心，愛是祝福，不是佔有。丹冰這樣爲你，也只是希望你幸福……對小林好一點，她對你，也很癡心。」

他驚訝地看著她，知道自己已經被她看得通透。

「阿彤，爲什麼我覺得你洞悉一切？」

「小王子說過：肉眼是盲的，人們必須用自己的心靈去尋找……」她平靜地低語，再次說，「曲風，對小林好一點，別再傷害了第二個愛你的人。」

小王子？小王子！不知怎地，他有些心煩意亂，隱隱覺得有些什麼秘密是就在眼前、急欲揭曉的，可是迷霧重重，一時看不清。莫非，肉眼真的是盲的嗎？非要像阿彤那樣，用心靈來尋找，才可以看清真相？

第二十章

魂去來兮

什麼是愛的盡頭呢，哪裏是天的邊？
我只知道，天涯的盡頭，還是天涯；相思到極處，也仍是相思。
天無涯，相思亦無邊。
我看你時，你在身旁；我想你時，你在天邊。
身旁的你聽不到我的心聲，天邊的你更感受不到我的深情。
我愛，我該如何呢？

——摘自阮丹冰《天鵝寄羽》

「我愛，我該如何呢？」

這一句問，真讓曲風心碎。風中，他彷彿聽得到丹冰的歎息，那麼哀婉而無奈，輕顰淺蹙，低聲問：「我愛，我該如何呢？」

該如何呢？丹冰愛他的時候，說不出；如今，他知道了丹冰的愛，想愛她，卻又該如何？卻又能如何？

丹冰要走了，要隨她的父親去美國，自己留不住的，也不敢留，因爲那是丹冰生還的唯一希望。可是，他怎麼忍心看著她離開，當他已經知道了她的愛？

她的愛，徹底而深沉，純潔如玉。那樣的愛，一生只有一次，不可重複。

想到這一點令他心死。

他終於相信，今生都不會有第二個人像丹冰那樣愛他。

他試圖對小林說：「我們分手吧。」

小林大驚：「爲什麼？是因爲水兒嗎？你還是忘不了她？可是她已經死了，不會再來了。」

「是因爲丹冰。」他難過地說，「我想等待丹冰醒來。」

「丹冰？可是，那是不可能的。植物人獲救的比例是千萬分之一，丹冰，也已經等於是死了！」小林搖撼著他的手臂，哭起來，「曲風，爲什麼你一再愛上別人，可就是不肯愛上有能力愛你的人？一會兒是水兒，一會兒是丹冰，你總是以一些不可能的人來搪塞我，爲什麼？如果我的對手是一個勢均力敵的女人，不論她有多麼美麗或是富有，我都可以努力和她爭，和她比，可是水兒和丹冰，都是已死的人，你卻一直念念不忘，是存心爲難我嗎？就因爲我愛你，你就把我看得這樣卑賤？」

「愛？」曲風古怪地看著小林，忽然哈哈大笑起來，笑得悲涼而無奈，「愛？小林，你真的懂得什麼是愛嗎？愛，還有誰的愛會像丹冰那樣徹底？還有什麼樣的愛可以比她更神聖？要讓我學會愛嗎？把丹冰還給我！把丹冰的命還給我！」曲風對著天空嚎叫著，嘶啞地嚎叫，像是要把天戳破。

那種悲憤和絕望嚇住了小林，她撲上去，抱住他，慌亂地安慰著：「曲風，不要這樣，別這樣。丹冰已經沒有希望了，可是你還活著，你還有思想有感情，你不能一直沉迷在失去的痛苦中呀！只要你肯好好看看我，你會知道，世上還有比丹冰更愛你的人。」

她一直抱怨曲風不懂得感情，卻沒有想到，原來他並不是一個無情的人，只是，他的感情隱藏得太深太深了，一旦爆發，卻可以比常人強烈十倍百倍。到這時候，她反倒又希望他平凡一點，花心一點，不要那麼執著癡情了。她抱著他，哭得軟倒下來，猶自緊緊地抱著他的一條腿，說著，哭著，把自己的心明明白白地剖給他看，說給他聽：「曲風，不只有丹冰一個人懂得愛。我也一直在愛著你呀。從見到你的第一天起，我就愛上了你。我不相信自己愛得比丹冰少。只是，我沒有一個機會向你表白。如果那一天吊燈落下來的時候，站在你旁邊的人是我，我也一樣會奮不顧身地撲上去救你的，曲風，我會的，你相信我！我會像丹冰一樣地愛你，比她更愛你！你信我！」

「不，沒有人會像丹冰那樣來愛了。」曲風平靜下來，他深深歎息，忽然覺出了無限的蒼涼。沒有，再也不會有人像丹冰那樣來愛他，愛得那麼沉默，溫柔，深刻而強烈。丹冰可以爲了他死一千次，而不對他表白一次。小林卻不可以，她在沒有做到之前已經說得太多。然而，即使是這樣也已經很難得了，現代人，肯說愛的都已經不多了，因爲害怕承擔責任。

他相信小林是真心愛他。現在他知道什麼是愛了，丹冰教會了他愛，更教會他珍惜愛，他已經對不起丹冰了，不能再對不起小林。他看著小林，她滿臉淚痕，而頭髮披散，眼中充滿了那麼狼狽的熱情。哎，他何德何能，讓這樣一個個優秀的女子，這樣地愛他，爲他，而又爲得如此委屈！

曲風歎了口氣，再歎了口氣，彎腰扶起小林，將她緊緊地抱在懷中，把她的淚印在自己的肩上——他已經永遠失去了丹冰，已經讓她流了太多的眼淚，再也承擔不了更多的眼淚了。

曲風再次來到丹冰家時，已經人去樓空，連奶奶也不在。他用備用鑰匙開了門——鑰匙是奶奶早就給了他的，但是他介意地一直沒有用過——獨自來到樓上，看到琴台上的梔子花兀自靜靜開放，不禁滿心悽愴。他在陽台吊籃籐椅上坐下來，輕輕搖盪著，想像以往丹冰坐在這裏的情形。丹冰，丹冰再也不會出現在這裏了嗎？這纏滿玫瑰花枝的籐椅上，曾搖盪過她少女的夢，那些啼痕笑影，可還留繞花枝？

他想著《天鵝寄語》中的句子，「天涯的盡頭，還是天涯；相思到極處，也仍是相思。」怎樣的情？怎樣的癡？丹冰丹冰，如果你在天有靈，此刻飄蕩在何處？可知我有多悔，多恨，多無奈！世上怎會有我這樣遲鈍麻木的人，這遲鈍麻木的人又怎值得你愛？丹冰，丹冰，你回來，讓我補償你，用一生一世回報你無盡的愛。

身後有腳步聲響起，曲風驀地回頭：「丹冰！」

那是阿彤。她俏生生的身影立在門口，了然地說：「曲風，你在這兒。」

「丹冰她……」

「我知道，丹冰進了醫院。」

「什麼？」曲風一愣，「她不是被她父親接走了嗎？」

阿彤低下頭，落寞如秋：「醫生說，她的生命跡象近於衰竭，不能承受長途跋涉。今天早晨，她的心臟出現短暫停跳現象，所以送進了醫院，爸爸和奶奶都跟著去了……」說到這兒，自知失言，忙忙噤聲，心裏無限悲涼。從小到大，她和父親聚少離多，如今，爲了她的病，父親放下事業千里迢迢地趕回來，爲她碎心白頭，可是，她卻與他對面不相認，甚至不能親親熱熱地喊一聲「爸爸」，不孝至此，情何以堪？

如今，一切就要結束了。身體將死亡，靈魂將消失，她的愛與真誠，也一併化爲塵埃。現在要做的，只是如何設法將這個身體還給阿彤，還有，盡可能減低親人的傷痛。

她說：「下個星期，就是我參賽的日子了，很可惜，丹冰聽不到……」她有一種預感，阿彤是爲了鋼琴比賽而許下志願，要以靈魂交換一次真愛體驗的，那麼，當大賽結束，她的心願完成，這一段靈與肉的交易也就該結束，而她的生命，也將從此完結。

曲風的手機在這個時候響起，是小林，說林母請他一起吃晚飯。曲風支吾：「我有事，等下再說……」隨手掛斷，長歎一聲。

阿彤了然地問：「是小林？」

「阿彤……」

「不要辜負小林，那也是一顆愛你的心。」

曲風抬頭，看著阿彤的眼睛，那雙眼睛，真的是盲的嗎？可是她分明看得比所有人都清，可以一直看進人的心裏去。她的眼睛沒有「聚焦」，故而沒有「眼神」。可是不知爲什麼，他卻從中看到極深的寂寞，和哀極的渴望。是幻覺嗎？

阿彤接著說：「丹冰愛的，是一個懂得愛懂得尊重的男子漢。你連一隻天鵝一首曲子也尊重，何況小林是個人……」

是這句話打倒了曲風，阿彤雖然沒有把話說得太白，但是他已聽明她的潛台詞：「你既然已經選擇了小林，就應該把這份責任擔起來。」

可是……

他低下頭，喟然長歎：「可是，我愛的人，是丹冰……」

阿彤渾身一震，急問：「你說什麼？」

「我愛丹冰，其實我早已經愛上她，只是我自己不承認，故而一直躲避。從第一次見到她，我就已經很喜歡她，我逗她玩，故意惹她生氣，處處留意她，我想，早在那時候，我已經愛上她。但是，我不是一個可以對感情認真的人，也害怕別人對我認真。她那麼純潔，那麼驕傲，那麼執著熱烈，我不敢承擔，只好逃避……」

曲風的聲音哽咽，以爲阿彤看不見，便不再顧忌，任淚水縱橫滿面，豈不知，喑啞的聲音早已將他出賣。

——「她爲了救我而受傷，我又傷心又後悔，天天以酒澆愁，那個時候我就想過，這樣地傷心，僅僅是因爲負恩嗎？其實，我是愛她，卻不敢面對自己的愛……我太自卑，不敢承受一個公主的愛情，丹冰在我心目中，太美好，太尊貴了，我一直沒有來得及告訴她，我愛她……」

曲風終於哭出聲來，自尊無法維持，索性不再死撐，盡情地涕淚橫流。

阿彤早已聽得呆了，心中不知是悲是喜，眼淚汩汩地流下來，一句話也說不出。他是愛她的，他愛她！原來如此！她曾用盡各種方法向他詢問，試探，曾經一再鼓起勇氣想告訴他自己是誰，棄生忘死幾度輪迴來爭取他的愛。原來，他也一樣愛著她，她也是愛他的。

現在，她終於知道了，可是，已經太遲，太遲！上天何其弄人？

但是，無論如何，她終於已經告訴他她的愛，他也終於親口說出他是愛她，便是從此銷魂，也是無憾了！

阿彤在淚水中微笑，笑得淒美如花。她帶著這微笑更加誠懇地勸慰：「曲風，你信不信命？信不信緣？我想，你和丹冰的緣分已經盡了，這就是命。而你和小林的緣分剛剛開始，如果強行割斷，就是逆天行事；而且，也會讓丹冰失望的。」

曲風煩惱地搖頭：「這些事，以後再說吧，至少，等丹冰……」

他的話沒有說完，也說不下去，但是阿彤卻聽得明白，知道他的意思是說要等丹冰過世以後再考慮。看到他這樣難過，這樣黯然，她心都碎了，她曾那樣不計代價不顧一切地愛著他——像天鵝那樣親昵快樂地陪伴他，像水兒那樣任性熱烈地爭取他，像阿彤那樣溫柔關切地安慰他——但是現在，一切都要結束了，她除了放手，除了離去，除了祝福，再無可爲。

於是她說：對小林好一點吧，接受她的愛，並，愛她。

生命最後一刻，她心裏所想的，仍然只有他，和他的幸福。

這幸福，自己給不了，唯有寄予小林。

至少，小林是真心愛著他的。

「可是丹冰……」曲風依然遲疑。

然而阿彤打斷他的話，簡截地說：「丹冰會希望在她大去之前，看到你有歸屬。」

曲風終於決定去林家晚餐，順便求婚。

大局已定。

或許輕易了些。可是不這樣又怎樣呢？事已至此，做男人的總得有些擔待。阿彤說得對，丹冰愛的是有責任感的人，他既然不能同小林分手，就只有乾脆地接納。丹冰已經失去，不可能指望生命中會遇到第二個丹冰，而除了丹冰，其他的女子再也沒有什麼不同。不同的，只是他對她們的感情。如果他肯專一地去愛，那女子也就成了所有面目模糊的女子中最不同的一個。

想通這一點讓他覺得心死，也覺得心靜，有種頓悟的透澈。

是丹冰教會他什麼是認真地去愛的，他決定領受這份情，並且把它認真地轉奉，奉給離他最近的女子，小林。

選擇小林的唯一理由，也許不過這麼簡單，因爲當他需要愛人的時候，出現在他身邊的人是她，而不是別人。

於是，他選擇了她，並且發誓愛她，一生一世。

愛是激情，一分鐘也可以是一次輪迴；婚姻卻是責任，一牽手就必須走完一輩子。愛上誰，不由自主；娶了誰，只要肯真心經營，總還是可以白頭偕老的吧。

音樂和舞蹈是月亮，丹冰是月亮的毛毛邊兒，小林卻是月下就著月光搖紡車紡線的人。亮光不大夠，不過沒關係，照舊可以紡出一圈圈的線來，織成布，細的做衣裳，粗的換錢。上海女子頂懂得就是把一切最好的留給自己，然而次一等的也絕不浪費。

上海女子是真實的，活在生活的芯子裏，溫暖，精明，瑣碎，而喧囂。這喧囂也是一種真實，好過阮丹冰靜寂長眠的夢境。

曲風甚至帶了小林去見自己的阿姨。他慣例地沒話說，小林卻應酬得非常好，熱情而不過分殷勤，親切而並不感覺肉麻，把阿姨和姨夫周旋得滿面笑容。

這是小林的又一個好處。曲風想，只要願意發現，小林還是有很多優點的。回來的路上，小林緊緊地抱著他一隻胳膊，忽然說：「風，你真可憐，以後，我會對你好的。」

這不是一個女朋友對未婚夫說的話，這是一個母親對孤兒說的話。曲風忽然就感動了，小林的愛情裏，像一切最偉大女人的愛情一樣，充滿著本能的母性。她會成爲一個好妻子的，將來，也一定會成爲一個好母親。

他忽然想起水兒臨死前說的話來，她說：「曲風，我們兩個，都是孤兒啊。我死之後，你可怎麼辦呢？要不，你就娶了小林吧，她會照顧你的。」

他一直不明白水兒爲什麼會講那樣的話，她不僅有最疼愛她的大林夫婦，還有小林這個阿姨，她爲什麼會自稱孤兒呢？但是那句話，曾經教曲風深深動容，死死地刻在心上，一直忘不了。

現在他想他有一點明白了。水兒並不是孤兒，阿彤才是。而水兒和阿彤，都先後祝福了他與小林；甚至阿彤還說，這是丹冰對他的期許。

也許，一切都是註定的。曲風握緊了小林的手，感覺周圍的一切都忽然逼近了過來，汽車的噪音和尾氣，小林身上的汗味和香水味，鄰街麵包店新出爐麵包的香氣和小販的叫賣聲，一切都這樣真實而擁擠。

他又想起丹冰的家，丹冰家陽台上的籐椅，還有他坐在籐椅上看到的黃浦江與江上的白渡橋，那麼遙遠，那麼安靜，那麼夢幻，像一個老電影。

沉睡的丹冰像是吃了毒蘋果的白雪公主，而曲風卻不是喚醒她的王子，只是她夢裏的偶遇。

植物人會做夢嗎？丹冰的夢裏會有他嗎？

曲風不知道。但是這個晚上，曲風卻夢見了丹冰。她穿著白天鵝的羽衣，卻著一雙紅舞鞋，不停地旋轉，旋轉，憑他怎麼追也追不上。

醒來時，星光微涼，天還沒有亮，但是窗外已經有鳥在叫。小林蜷著身子窩在他的臂彎裏，縮成嬰兒在母體裏的模樣，幾絲頭髮在臉邊被呼吸吹出去又吸近來，微汗，真實得龐大，龐大得擁滿了整個屋子。

曲風輕輕抽出自己被壓麻的胳膊，在沒有醒來的早晨，在鳥的叫聲和小林的汗濕裏，靜靜地，流了淚。

今天是阿彤大賽的日子，他答應要去給她捧場，並且，在琴聲中舉行別開生面的訂婚禮。用一枚戒指，圈定他與小林的終生。

不論他心中有多麼地不情願，但是，既然已經決定，便不再悔。就是今天，就是今天了，今天之後，他的生命將只有一個女主角——就是小林。

上海市全國鋼琴大賽賽場，莘莘才子們摩拳擦掌，躍躍欲試。人群中，雙目失明卻舉止高貴的阿彤顯得特別與眾不同，她一襲白衣，長髮中分，整個人飄逸得似一朵雲，空靈得像一陣風，似乎隨時可以在琴聲中飛起。

奶奶，爸爸，曲風和小林都來了，甚至沉睡的阮丹冰，也坐在輪椅上，由曲風推著，來參加這次不同凡響的大賽。這是丹冰借助阿彤之口所做的囑託，她已經決定，要在賽場上，在琴聲中，將靈魂還予阿彤。雖然她並不知道究竟該怎麼做，但是預感告訴她，就在今天，她將對自己的愛與靈魂，做一個了斷。

她已經清楚地感覺到，身體裏有兩種力量同時在甦醒，有不屬於自己的思維在躍動，她知道，那是阿彤。阿彤的魂，在外面流蕩了那麼久，如今即將歸來，向她要還這個身體；而她，也願意欣然交付。她們的交易，將在琴聲中借助音樂的力量來完成。

小林挽著曲風的胳膊走進會場的樣子，就彷彿走在奧斯卡頒獎禮的紅地毯上，而且等一下就要捧杯發表獲獎感言的。

事實上，小林的確覺得曲風是她一生人中最好的獎品。那麼多女孩子喜歡曲風，可曲風卻偏偏挑中了她，這是多麼大的榮耀，簡直中彩票一樣的意外收獲。她從來都不是一個出色的女子，考試從來沒有得過第一名，最好就是前十；沒做過班花，痘痘去掉後也最多被人稱讚一句「漂亮多了」，但離美女還有那麼一段距離；家裏的第二個孩子，又是女兒，連出生都不被特別欣賞的。但是現在不一樣了，現在她有了曲風，他是她的了。

因爲得意，所以大方，無論是對輪椅上的丹冰，還是選手席上的阿彤，她都表現出了相當得體的關切與親昵。遺憾的是，無論丹冰還是阿彤，都不能清楚地「看見」她的成功。

終於，報幕員宣佈：「下一位參賽者：上海，阿彤；參賽曲目：『給愛麗絲』。」

阿彤站起來，穩穩地走上台，準確地走到鋼琴前坐下。略一沉思，十指輕輕按下，「給愛麗絲」流麗的音樂聲響起，如行雲流水，傾瀉無阻，情人在風中一聲聲呼喚，丹冰，丹冰，你聽到嗎？

琴聲中，在場所有的聽眾頓覺耳目一新，彷彿回到自己的青年時代，那遙遠的初戀，青梅竹馬的記憶裏，鳥語花香，風清雲淡，相望的眼中沒有半分塵埃，誰沒有過相思的歲月呢？誰不曾年輕過，忘情過，爲所愛神魂顛倒過？那些隨著塵愁俗慮漸埋於心的記憶被喚醒了，彷彿有扇門被忽地推開，有清涼的風瀉進，拂去所有積塵，照見本真。身似菩提樹，心如明鏡台。時時勤拂拭，莫使惹塵埃。愛著的人，都是聖人，是頓悟的佛。

琴聲中，曲風與小林緊緊擁抱，取出戒指套在她的指上，完成了那簡單而莊嚴的訂婚儀式。沒有神父在問：「你願意……」他們自己就是自己的神了，對自己的一生負責，對愛負責。他們四目交投，同時輕輕說：「我願意。」

台上台下，相隔甚遠，可是這一聲驚天地泣鬼神的「我願意」，卻清楚地傳進丹冰的耳中。她不能不震撼，不能不感慨。她幾生幾死，千山萬水，輾轉流離地找到他，一心只是要找到他，要他明白她的愛。專一的，純粹的，矢志不渝的愛。

他終於明白，而且領悟，卻將這份專一與了別人。她是該欣慰，還是該悲痛？淚珠飛落在風中，帶著笑。丹冰抬起頭望向天空，天邊，有成群的天鵝冉冉飛來。是來將她接引，還是來爲他祝福？

她看著牠們，是的，她「看」著牠們，她又會看了，怎麼會？

同時，她也清楚地看到了自己，哦不，是阿彤！她看到阿彤坐在鋼琴旁充滿激情地彈奏著，神情肅穆神聖，玉潔冰清。而自己，自己冉冉地飛起，越來越輕，越來越輕，是要就此魂飛魄散，永遠告別人間了嗎？

但是她的心裏並無恐懼，亦無怨懟，她愛的人和愛她的人都在身邊，這樣的離去並不是悲劇，她輪流地看著阿彤，奶奶，爸爸，曲風，小林……

舞台上，阿彤的琴聲一變，換作「天鵝湖」。她微微地笑著，臉容光潔秀麗，一掃固有的孤獨冷豔，轉爲寧靜安詳，那已經不是阮丹冰，而是魂歸來兮的阿彤。阿彤以靈魂交換了一次愛情體驗，如今，她終於明白，什麼是真正的刻骨的愛，她把這份愛揉進自己的彈奏中，出神入化，臻於絕境。這非人間的音樂召喚了越來越多的天鵝，牠們從湖上穿山過水地飛來，在劇場上空翩然起舞，若飛若揚。

觀眾們紛紛離座，大聲地叫著，跳著，不敢相信自己的眼睛，驚喜得聲音都變了調：「天鵝，是真的天鵝！阿彤的琴聲把天鵝都給引來了！」

天鵝，真的天鵝！天鵝成群地湧進來，湧進來，圍在阿彤和丹冰的身邊飛舞盤旋，毫不避人，那是做夢也看不到的奇景，超乎想像所及的壯觀，神聖，像一道最燦爛的閃電，映照在每個人的眼中心中。

最後，牠們翅膀連著翅膀，在琴台旁的阿彤和輪椅上的阮丹冰之間駕起一座靈肉交接的天鵝橋，遮蔽了所有人的視線，正自六神無主的丹冰魂驀地找到了方向，輕盈地踏上天鵝橋，離開阿彤的身體，奔向阮丹冰……

與此同時，奶奶忽然叫起來：「你們看，丹冰，丹冰！」曲風奔過去，看到輪椅

來自天鵝的訊息

作者：西嶺雪
出版者：風雲時代出版股份有限公司
出版所：風雲時代出版股份有限公司
地址：105台北市民生東路五段178號7樓之3
風雲書網：http://www.eastbooks.com.tw
官方部落格：http://eastbooks.pixnet.net/blog
Facebook：http://www.facebook.com/h7560949
信箱：h7560949@ms15.hinet.net
郵撥帳號：12043291
服務專線：(02)27560949
傳真專線：(02)27653799
執行主編：劉宇青
美術編輯：風雲編輯小組
版權授權：劉愷怡
法律顧問：永然法律事務所　李永然律師
北辰著作權事務所　蕭雄淋律師

初版日期：2013年11月
ISBN：978-986-146-684-2

總經銷：成信文化事業股份有限公司
地　址：新北市新店區中正路四維巷二弄2號4樓
電　話：(02)2219-2080

行政院新聞局局版台業字第3595號 營利事業統一編號22759935

定價：250元

國家圖書館出版品預行編目資料

來自天鵝的訊息 ／ 西嶺雪著；-- 初版. --
臺北市：風雲時代，2013.11　面；公分

ISBN 978-986-146-684-2 （平裝）

857.7　102004586